公元787年，唐封疆大吏马总集诸子精华，编著成《意林》一书6卷，流传至今

意林：始于公元787年，距今1200余年

意林®

一则故事　改变一生

意林童书中心　出品

萝莉大冒险③

浮空城的继任者

司徒平安 著

吉林摄影出版社
·长春·

图书在版编目（CIP）数据

浮空城的继任者 / 司徒平安著. -- 长春 : 吉林摄影出版社, 2018.8
（意林·萝莉大冒险③）
ISBN 978-7-5498-3675-8

Ⅰ. ①浮… Ⅱ. ①司… Ⅲ. ①长篇小说—中国—当代
Ⅳ. ①I247.5

中国版本图书馆CIP数据核字(2018)第148869号

萝莉大冒险③·浮空城的继任者

LUOLI DA MAOXIAN③·FUKONGCHENG DE JIRENZHE

著　　者	司徒平安
出 版 人	孙洪军
总 策 划	顾　平　宋春华
出 品 人	杜普洲
主　　编	宋春华
责任编辑	施　岚
丛书策划	宋春华　于丽丽
图书统筹	于丽丽
执行编辑	于丽丽　韩素云
设计总监	资　源
封面设计	资　源
美术编辑	张　龙
开　　本	880mm×1230mm　1/32
字　　数	110千字
印　　张	5
版　　次	2018年8月第1版
印　　次	2018年8月第1次印刷

出　　版	吉林摄影出版社
发　　行	吉林摄影出版社
地　　址	长春市泰来街1825号 邮编：130062
电　　话	总编办：0431-86012616 发行科：0431-86012602
网　　址	www.jlsycbs.net
经　　销	全国各地新华书店
印　　刷	河北鹏润印刷有限公司

书　　号　ISBN 978-7-5498-3675-8　　　定　　价：23.80元

萝莉大冒险③ 浮空城的继任者

目录 CONTENTS

目录 CONTENTS

前情回顾

魔法公主特蕾娅的生活还没安稳几天，就又一次被黑衣人追杀。在骑士莱茵奥特的帮助下特蕾娅不仅躲避了追杀，还顺利进入了圣露西亚公主学院，准备认证自己的公主身份。这是所有公主都向往的地方，虽然汇集了魔法大陆顶尖的魔法教员，但现在这里被黑暗力量所笼罩着，暗潮汹涌的黑暗气息渐渐逼得人喘不过气来……

危险再一次来袭，阿姆达公主不仅被黑化了，还残害魔法公主，并把黑巫师引到了圣露西亚公主学院，企图控制这里。一份魔法档案的出现让气氛变得愈加阴森恐怖，因为传言说谁得到了这份机密档案，谁就会成为魔法大陆未来的主人。这个极具诱惑力的消息一出，引得黑巫师不惜任何代价都要得到它。

特蕾娅不想让魔法档案落入黑巫师之手，更不想看到学院被黑暗力量笼罩。几经犹豫后，特蕾娅终于予以反击，幸运的是骑士莱茵奥特和维维亚娜公主也加入了她的战队。在大家的齐心协力下，特蕾娅终于成功拯救了公主学院。

在毕业典礼上她得到了盛赞，并且还获得了意义非凡的隐形衣，这对特蕾娅来说是至高无上的荣誉。

第一章

迷路的贵族老臣

老爷爷把眼一瞪，用手里的藤木拐杖重重敲击着地面，凶巴巴地吼道：“胡说！我以前去过那儿，索菲亚教堂是全城最高的建筑，怎么会没有呢？”此时的老爷爷就像一只点燃的炮仗，一身火气。

高速行驶的地铁上，车厢内一如往常般拥挤。

一位穿校服背书包的少女靠着扶手，戴着耳塞，低头专注地看着一部粉红外壳的手机的屏幕。她叫特蕾娅，两个月前还是一名普通的学生，在遭遇一次意外袭击事件后，一位自称莱茵奥特的少年找到她，透露出与她身世有关的大秘密。她这才知道原来自己是魔法大陆塞尔西亚国的小公主，是遗落在人类世界的魔法公主。从那以后，她身边多了一位如影随形的帅哥保镖。为了尽快恢复身份回到母国，她按照已故的叶塞尼娅女王的安排，在圣露西亚公主学院进行了为期两个月的特训。谁知，归来的当天，特蕾娅意外收到了一个令好哥们儿布雷“花容失色”的消息，这则消息正是她正在看的视频。

“摄像头只拍下了那些人的影子，看来他们挺小心的，能在布雷家里隐藏身形进进出出还真不简单呢。为什么莱茵奥特不告诉我他们是什么人呢？”特蕾娅看着视频，困惑地低声自语。这个视频来自好友布雷家的监控记录。就在昨天清晨，一伙来历不明的人凭空出现在布雷家，并且轻而易举地避开了布雷家的监控设备，摄像头只拍到几道晃动的黑影。

从陌生人出现的方位来看，他们似乎是从客厅上方的监视器下面走出来的，可那里除了一面浮雕墙什么也没有啊！难不成那伙人还能从墙里冒出来？特蕾娅正盯着视频仔细研究的时候，隐藏在背包拉链后面的一双大眼睛突然闪了一下，紧接着背包动了起来，一只毛茸茸的金黄色的袖珍猫飞快地从背包里钻出，爬到特蕾娅的身上，张口咬住她的耳机线拽了下来。

“特蕾娅公主，有个奇怪的男人一直盯着你看，就在你身后靠近门的地方。”咘咘贴着特蕾娅的耳朵低声说道。特蕾娅心头一动，忍住回头的冲动，不着痕迹地垂下手臂将手机对准身后按下快门。自从知道自己是魔法公主后，她的生活变得危机四伏，周围总少不了有奇奇怪怪的人出没。

特蕾娅看了一眼手机，很快发现在她身后六七米远的地方，有个黑衣人偷偷瞄着她，竖起的衣领遮住了半张脸，右边口袋外露着一小截镶金边的魔法棒。看上去似乎是母国的二公主派来的追兵。听说与她有血缘关系的塔拉公主害怕她的存在会威胁到自己的权势和地位，就不断派自己的手下到人类世界追杀她，幸好每次特蕾娅的骑士莱茵奥特都能化险为夷。

怎么办？二公主派来的都是一顶一的高手，她肯定不是他们的对手。特蕾娅暗自盘算，如今莱茵奥特不在身边，她心里还真有点儿发怵。

“嘀——”地铁进站了，一部分乘客开始陆续下车。机会来了！特蕾娅眼前一亮，顿时有了主意。她透过车厢玻璃的反光暗中留意那人的举动，发现黑衣人也在随着人流一起移动。

一步，两步，距离她越来越近了……特蕾娅紧张地盯着那人的举动，发现他正从兜里缓缓掏出魔法棒。

他不会是想趁乱动手吧？特蕾娅的心狂跳不止，她额头冒出一层冷汗，右手悄悄摸向藏在校服内侧的魔法棒。此刻，整节车厢的乘客已经下去了许多，显得有些空荡，车厢门敞开着，没有人再进出了。特蕾娅听到身后传来轻微的脚步声，但她不敢回头，她知道那个人就站在离她不远的地方。

魔法世界的人一般不会选在人多的地方动手，难道他想跟着自己，等有机会的时候再下手？特蕾娅心里有些忐忑，轻微的脚步声又近了一些，耳边似乎能听到那个人低不可闻的呼吸。心脏狂跳，特蕾娅紧紧握着魔法棒，全身僵硬，心里一遍遍提醒自己：再等等，再等一下。

一秒，两秒，三秒……时间一点点地流逝，终于，车厢内响起了关门的提示音。

就是现在！刚刚毫无动静的特蕾娅速度极快地朝地铁门口冲去。黑衣人没想到特蕾娅会在车厢门关闭前的最后一秒向外冲，等他反应过来时已经来不及了。特蕾娅前脚刚奔出车厢，后脚车厢门就“唰”地关闭了。黑衣人的身体“砰”的一声撞在了车厢门上，他发现自己上当了，愤怒地拍打着门板，扭曲的面容狰狞无比，一副恨不得把她像食物般撕碎咬烂的样子。

“耶！我成功了！就这点儿智商也想跟我斗？对付你还不是小菜一碟儿！”看到黑衣人上当了，特蕾娅按捺不住内心的兴奋，冲着黑衣人做鬼脸扭屁股，心里别提多得意了！

“耶，主人好棒！”咘咘欢呼着在特蕾娅肩头翻起跟头，简直比主人还开心。

地铁一路呼啸着开走。太好了，危机终于解除了！特蕾娅长松了口气，后退几步准备离开。谁知她身后几步远站着一位白胡子老头儿，手中翻着地图，一脸困惑地东张西望，似乎不知道该往哪边走。特蕾娅一转身，刚好跟他重重地撞到一起。

“哎哟！我的老腰……”白胡子老头儿摔倒在地上，手扶着腰，痛苦地呻吟着，一只破旧的皮箱被甩出两米远。

咘咘眼睛睁得老大，看到主人闯祸了，生怕惹火烧身似的一头钻进了背包里。

当特蕾娅看清眼前的老爷爷时，不由得一愣。老人看上去六七十岁了，身材瘦瘦小小的，却穿了一身大得出奇的皱巴巴的灰色条纹西装，西装下摆几乎垂到了膝盖。他下身穿着毛呢短裤，脖子上系着一条天蓝色三角巾，脚蹬一双过时的大头军靴。特蕾娅被老人不伦不类的打扮惊呆了。

“喂！小丫头，走路要看着点儿！我这把老骨头差点儿就被你们人类撞散架了！傻站着干什么，还不过来搭把手？”暴躁的老爷爷揉着伸不直的老腰，粗声粗气地呵斥。

“是！我、我来帮您！”特蕾娅被吹胡子瞪眼的老爷爷吓了一跳，忙上前扶老人起来。

老爷爷拍着身上的土，嘴里气哼哼地念叨：“真是世风日下。想当年我来这儿的时候人人都很有教养，才几十年没过来，你们就变成这样子了，撞了人连句道歉的话都没有！”特蕾娅有点儿忌惮这位脾气暴躁的老爷爷，捡起地上的藤木拐杖，毕恭毕敬地送到老人手中，连连鞠躬认错。老爷爷火气不减，眉毛一挑：“我的皮箱呢？”

“请稍等，我马上给您捡回来！”特蕾娅马上跑去捡摔飞出去的那只破旧的皮箱，不料，有个年轻人抢先一步捡起。年轻人把皮箱抱在怀里，目光闪烁地看了特蕾娅一眼，又朝四周扫了几眼。特蕾娅觉得年轻人神情有异，但没想到他竟然抱着皮箱转身就跑。好哇，原来是小偷！

“站住！”特蕾娅喊了一声。年轻人跟没听见似的还在向前跑。眼见年轻人越跑越远，快脱离她的视野范围了，特蕾娅急忙从衣服里抽出龙骨魔法棒朝前方一指：“赫赫巴斯，定！”刚跑到洗手间门前的年轻人突然被一股无形的力量瞬间定住。特蕾娅快步赶过去。年轻人一动不动地保持着原来的姿势，只剩下眼睛还能骨碌碌转动，不知道怎么回事的他满脸惊慌，朝特蕾娅投去求助般的眼神。

咘咘从主人的背包里探出头，惊喜地叫了一声：“哇！主人的魔法技术越来越娴熟了！”

特蕾娅露出得意的笑，从年轻人手中夺回皮箱，冲他挥了挥拳头，学白胡子老爷爷的口吻教训道：“臭小子，学什么不好非抢别人的东西！这次先放过你，下次就没这么好运了！”这时，不远处传来警笛声，地铁巡警开着电动警车朝这边驶来。特蕾娅可不想给自己惹麻烦，赶紧拿上皮箱撤离。

咘咘回头看了一眼仍被定在原地的可怜虫，小声提醒：

“主人，那家伙还在那儿站着呢，不给他解除魔法吗？”

“我只学了将东西定住，可没学怎么解除。这就不能怪我了！”特蕾娅一脸坏笑地吐了吐舌头。她赶回去将皮箱还给白胡子老爷爷。老爷爷仔细检查了一番，见皮箱完好无损才轻轻松了口气。她小心地赔着笑问：“老爷爷，您要是没什么事我就先走了，今天撞到您真是对不住，我再次向您表示歉意。”特蕾娅双手合十，面带歉意地眯眯笑。她的视线越过老爷爷朝后面望去，远处那个年轻人身边乱哄哄地围着一大群人，两名警察一边用对讲机说话，一边四处张望，似乎在寻找什么。

警察不会找她的麻烦吧？特蕾娅心里犯起嘀咕，刚要转身走，忽听老爷爷又叫住她：“你等等！”

特蕾娅转过身来，只见老爷爷从兜里摸索出一个小本子“哗啦啦”地翻开，招手叫她过去：“我问你，跑马道的索菲亚教堂怎么走？”

索菲亚教堂？特蕾娅眨着眼睛想了想，困惑地说：“跑马道没有索菲亚教堂，只有索菲亚歌剧院。”

老爷爷把眼一瞪，用手里的藤木拐杖重重敲击着地面，凶巴巴地吼道：“胡说！我以前去过那儿，索菲亚教堂是全城最高的建筑，怎么会没有呢？”此时的老爷爷就像一只点燃的炮仗，一身火气。特蕾娅打心眼里有点儿怕他，暗叹自己倒霉，惹上这么一个脾气暴躁的老头子。

特蕾娅从自助服务台取来一张全城地图，打开，指着上面一处，赔着笑脸解释道：“您看，这里只有索菲亚歌剧院。”

老爷爷冲着地图看了又看，然后一把推开地图，不耐烦地嚷嚷道："几十年没来，城里乱得一塌糊涂！我给你钱，马上带我去那个索菲亚歌剧院！"说着从口袋里抓出一大把皱巴巴的花花绿绿的破旧纸币递到特蕾娅面前。

老天，这都是什么年代的钱币？他是从火星来的吗？特蕾娅可不想再跟老人纠缠下去，连忙摆手："我、我还有事呢！要不，您问下别人？"

老爷爷颤抖地指着特蕾娅的鼻头，气呼呼地质问："你、你……什么事比我这个老头子更重要？你忍心把我一个老人扔在这座陌生的城市里？你的心被狼吞了还是被狗吃了？"老爷爷额头青筋暴起，看得出已经极其愤怒了。

咘咘变身成装饰玩偶挂在主人肩头，连真身都不敢露，小声地说："主人快走吧，恐怕他现在连撕碎主人的心都有！"

特蕾娅一脸苦笑，她何尝不想早点儿脱身，但是她的手被老爷爷抓着根本走不成。突然，特蕾娅想出一个办法，眼睛弯成了新月："别急，老爷爷。我这就带您去歌剧院！"

特蕾娅带着老爷爷来到地铁站外的路边，挥手拦车。很快，就来了一辆出租车。特蕾娅打开车门毕恭毕敬地扶老人上车，让他坐好："老爷爷，司机师傅会送您去目的地，一路平安！"老爷爷面容威严，正襟端坐在汽车的后排座位上，微微抿着嘴冲她挥手，活像一位初次出门的贵族大臣。特蕾娅关上车门，笑眯眯地冲老爷爷挥手告别，目送出租车呼啸着驶入穿梭的车流。她长松了口气，伸了伸酸疼的腰："心好累！总算把这位难伺候的老祖宗送走了！”

咘咘“噗”地一下变回原形，不满地大声抗议：“主人，咘咘还没有坐过出租车呢！咘咘也要坐，咘咘要把全城的车都坐一遍！”

“好啊，那我再叫一辆车把你送走，以后你就别跟着我了。”特蕾娅摸摸下巴故作认真地说道。咘咘自讨没趣地缩了下脖子，蔫头耷脑地在她肩头趴了下来，一副闷闷不乐的样子。

回家的途中，特蕾娅又听到不远处传来温和的问路声：“您知道索菲亚教堂怎么走吗？”

“奇怪，今天是什么日子，怎么总有人打听索菲亚教堂？”特蕾娅不解地挠着头。

路边有个老人拿着一份泛黄的地图在向路边的商贩问路。他的打扮跟先前问路的白胡子老爷爷一样不伦不类，黑礼服配格子短裤，头上还戴着一顶黑色圆顶高帽，古怪的打扮引起许多路人的打量。老人脸微红，有些拘谨地小声道歉：“不好意思，我是第一次到你们这个世界，这儿的楼房跟丛林里的树一样多，都把我搞糊涂了。”

“去！哪儿来的疯子，别影响我做生意！”商贩冲老人挥舞着毛巾驱赶他，恶声恶气地喝道。

老人踌躇地举目四望，正好跟特蕾娅的目光相遇，他眼睛一亮，一路小跑过来：“打扰了，小姑娘，能在这里遇到你真是我的运气呀！”

“您认识我？”特蕾娅疑惑地望着老人。

老人眼中闪着智慧的光芒，看上去像个谦逊有礼的学者，他温和地一笑："我不认识你，但我知道你肩头的宠兽不是人类世界的生物。按这里的说法我们应该算是老乡吧？"

来自魔法世界的人？特蕾娅心头咯噔一下，眼神中多了一丝戒备和疑色。不好，该不会是派来追杀她的人吧？虽然人长得老了一些，身上也看不出杀气，但是从那边来的人都魔法高强，不能小觑，还是少招惹他们为妙！"不好意思，我帮不了您！"特蕾娅甩出一句，转身就要走。

"请等一等！"老人焦急地上前拦下，谁知一拉她的衣服，只听"啪嗒"一声，一根魔法棒从特蕾娅的衣服里掉出来落在了地上。一看到那根魔法棒，老人的眼睛顿时睁得滚圆。他飞快捡起地上的龙骨魔法棒，捧在手中看了又看，不可置信地叫道："天哪！这、这不是塞尔西亚国叶塞尼娅女王的魔法棒吗？"他无比震惊地看向特蕾娅，又看了看手中的龙骨魔法棒，恍然想到什么，一把握住她的手，激动得连说话都有些语无伦次。"莫非……你就是我们要找的……叶塞尼娅女王的小女儿特蕾娅公主？我、我是塞尔西亚国的老臣安浦路斯呀！"

没想到眼前的老人竟然一语道出了她的身份，特蕾娅带着几分警惕向后退去："我不认识你！"

就在这时，兜里的手机响起一阵悦耳的音乐，咘咘叼着耳机爬到主人肩头，将耳机塞到她耳朵里。莱茵奥特的声音从另一端传来，口气既急促又简短，似乎遇到了什么棘手的事："特蕾娅公主，情况紧急，请速来跑马道的索菲亚歌剧院！"

第二章

秘密集会

“特蕾娅公主，请接受我们这些老臣对您的效忠礼！”安浦路斯右手按在自己的心脏处，郑重地弯下了腰。其他老臣也陆续地弯下身，低下头。

尤里亚半岛上空厚重的云层层堆积着，压得半边天空仿佛都低了许多。夕阳如血般鲜红，映得云霞如火如荼，也染红了整个尤里亚半岛。香榭大街的尽头矗立着一座历史悠久的古老建筑，精致典雅的白色楼身，高耸入云的尖塔，鲜艳的彩色玻璃，森然排列的巨大石柱……整座建筑完美地结合了中世纪哥特式装饰元素。作为当地规模最大的建筑，历经多年风雨侵袭的它至今仍气势傲然地屹立于此。

落日的余晖为这座古老的建筑披上了一层淡淡的薄纱，也似乎使得冷清的索菲亚歌剧院比平日多了几分神秘色彩。

“吱呀——”一扇沉重的浮雕木门被人从外面推开，门口被霞光映出了两道身影。

特蕾娅领着迷路的老人来到了莱茵奥特说的索菲亚歌剧院。当歌剧院的大门被缓缓推开，眼前的情形令特蕾娅惊呆了。此时临近傍晚，她原以为这个地处偏僻的歌剧院必定门庭冷清，谁知，里面竟然聚集着十多位上了年纪的老人。他们将莱茵奥特团团围在中间，七嘴八舌地追问着什么，莱茵奥特则举止谦和又恭敬地与他们交谈。

他们中的多数人已头发斑白，衣服搭配得都极不协调，看上去就像小孩第一次学习穿衣服般滑稽可笑。看着眼前的一幕，特蕾娅不禁想问，他们是从哪家精神病院里跑出来的？

当门声一响，所有人都住了口，扭头朝门口方向望来。

“她来了！她就是你们要找的特蕾娅公主！”莱茵奥特微笑着冲特蕾娅招了招手，向身边的老人们介绍。然后走到特蕾娅面前对她解释：“特蕾娅公主，他们是来自您母国的王公大臣，都是跟随叶塞尼娅女王的忠实老臣。自从您现身人类世界的消息传回母国，他们特地千里迢迢赶来这里见您。事出突然，我也是刚刚得到消息，所以没有来得及通知您。”

莱茵奥特话音一落，十几道炙热的目光齐刷刷地朝特蕾娅投去，还有几个人从兜里掏出了手持式单镜片老花镜对着特蕾娅上上下下一通打量。特蕾娅被他们不加掩饰的热情目光瞅得浑身不自在，觉得自己仿佛变成了动物园的猴子。

“他们……都是来找我的？”特蕾娅扯了扯莱茵奥特的衣袖，小声问道。她注意到有人在她进门之后，小心地探头看了眼外面，迅速将门关上。

看到莱茵奥特点了点头，特蕾娅这才相信了一路同来的安浦路斯说的那番话。在来时的出租车上，喜极而泣的安浦路斯不停地用衣袖擦着眼角的泪花，喋喋不休地说了很多。原来特蕾娅出现的消息在母国已经引起了轩然大波，由于塔拉公主一再驳斥这类流言蜚语，很多老臣对此也抱着半信半疑的态度。直到圣露西亚公主学院将特蕾娅的毕业通知和学籍身份证明传回母国，一部分忠于叶塞尼娅女王的老臣坐不住了，于是决定结伴到人类世界亲自拜访这位藏匿多年的小公主。

“太像了！她长得跟女王年轻时一模一样啊！”

“这孩子一头红发，实属罕见哪！我们上一任国王就是红发，这算是隔代遗传吧？”

“她的眉眼，还有鼻子像极了我们女王，千真万确，她就是我们的王族继承人!”

“没错，我见过特蕾娅公主婴儿时的样子，那模样跟现在相差无几呀！”

一群老臣围着特蕾娅叽叽喳喳地说个没完，个个激动不已。安浦路斯举起双手，示意大家安静：“各位同僚，大家静一静，既然我们都亲眼见到了特蕾娅公主本人，相信大家都认同她的身份吧？”话音一出，所有的老臣渐渐安静下来，他们你看看我，我看看你，相互用眼神传递着信息。

“特蕾娅公主，请接受我们这些老臣对您的效忠礼！”安浦路斯右手按在自己的心脏处，郑重地弯下了腰。其他老臣也陆续地弯下身，低下头。在光线昏暗的歌剧院内，一群上了年纪的老人对着一位身穿校服的女孩行礼，全场鸦雀无声，这个情景深深印在了特蕾娅脑海中，多年后她也依然对这一幕记忆犹新。然而此刻，初次面对这群来自魔法世界的老臣，接受他们这般隆重的大礼，特蕾娅有些手足无措，她慌忙去扶那些老臣：“你们这是做什么？快起来，你们不用向我行礼啊！”

莱茵奥特按住特蕾娅肩头，冲她轻轻摇头：“您是王位继

承人，只管大大方方接受这些老臣的见礼就好，等您日后统治整个塞尔西亚国的时候，还会接受更多人的效忠。”

“可、可是……”特蕾娅有些不习惯。这么多年来自己一直过着普通人的生活，突然一夕之间摇身变成了另一个世界的公主，转变跨度之大，总让她以为这是在做梦。此时此刻，面对众多老臣的行礼，再回想起最近那些神出鬼没的黑巫师和黑衣人，特蕾娅终于体会到了一种巨大的真实感，心头所有的怀疑和不确定都在这一刻消失殆尽。没错，她是特蕾娅，同时也是另一个世界的公主，塞尔西亚国的王位继承人。

安浦路斯直起身，笑呵呵地劝道：“特蕾娅公主无须介怀，这是我们这些臣子对您应有的礼节。出发前本来为公主准备了一份礼物，瞧我这糊涂脑子，偏偏又忘了带。”

“安浦路斯！你怎么这么晚才到？我们都等你好久了。”一位蓄着大红胡子的老臣大嗓门儿地吵吵起来，笑哈哈地走上前。

安浦路斯忍不住翻了个白眼，从兜里掏出皱巴巴的地图冲大红胡子老臣抖了抖，没好气地哼道：“是谁说照着地图走不会有错？要不是遇到了特蕾娅公主，我这会儿还像个没头苍蝇在大街上乱转呢。这是四十年前出版的地图好不好，你们让我去哪儿找索菲亚教堂？”

“哈哈，没想到短短几十年时间，人类世界发展得这么快！过去的老街道老建筑都不见了。”大红胡子老臣摸着光秃秃的脑袋，不好意思地干笑，“这可不怪我们，谁叫你跟我们走散了，不过你也是因祸得福，碰到了特蕾娅公主，哈哈！”

“奇怪，你们为什么都穿成这样啊？”特蕾娅指着大红胡子老臣胸前用别针别着的一条白色丝质手帕，忍不住问道。

安浦路斯看向大红胡子老臣胸前的手帕，又低头看了看自己的短裤，尴尬地扯了扯身上的衣服。“呵呵，我们来之前专门研究过帕特罗特的手记。这个帕特罗特几十年前来过人类世界，他是我们中间少数几个来过这里的人。所以我们根据他记载的资料，掏空了他的衣柜，将他以前积攒的旧衣服全都穿上了，不过好像还是没有穿对，哈哈！”

“等等，说到帕特罗特，他这会儿怎么还没有到？”大红胡子老臣在人群中张望了一番，突然脸色微变。安浦路斯上前不慌不忙地安抚他：“无须担心帕特罗特，他来过人类世界，经验比我们多，这个大炮筒绝对不会迷路！”

“谁是帕特罗特？”特蕾娅插嘴问了一句。

“帕特罗特是专门负责保管王冠的皇族重臣，出门前，他临时有事跟我们分头出发。看，就是这个人！”安浦路斯用魔术棒在空中画了个圈，空中浮现出一位白胡子老人的影像。

咦，好眼熟啊！特蕾娅猛地想起在地铁站台撞到的那个人，惊讶地叫出声：“我见过他！之前他也在找索菲亚教堂，我还叫了辆车专门送他来这里，算算时间早就该到了呀！”

贵族老臣们交头接耳，个个一副紧张的样子。安浦路斯担心地说道：“糟了，会不会是我们来这儿的消息走漏了风声，大炮筒被人半途拦截了？”

“你们不是皇族重臣吗？谁会拦截你们？为什么你们来见我还要偷偷摸摸的？难道有人会阻止你们？”特蕾娅越听越糊涂，一头雾水地看着安浦路斯等老臣。只见他们个个面露尴尬之色，索菲亚歌剧院内一时寂静无声。大红胡子老臣悻悻地摸着酒糟鼻，心虚地朝安浦路斯看去，暗中推了推他。

安浦路斯清了下嗓子，上前解释道：“特蕾娅公主，这里面有很多不得已的原因。自叶塞尼娅女王离世，皇族事务暂由塔拉公主打理，我们对此也是喜忧参半。听闻您在人类世界现身的消息，我们别提多开心了，我们猜想当年叶塞尼娅女王将您藏到人类世界必定有其深意，如今您已长大，理应回归母国，所以我们联合了一些老臣合计着见您一面，接您回国。但是，塔拉公主对您的出现十分介怀，还曾派追兵到人类世界追杀您，我们担心此番行动传扬出去势必激发皇族内部的猜忌，进而引发国内动荡，才决定隐藏行踪秘密前来见您。此番出行我们谁也没有带随从，连我们各自的家人都毫不知情，一切都是秘密进行的，只为避免引起塔拉公主及她手下人的疑心。”

“塔拉公主为什么要那样针对我？她想当女王就让她当好了，反正我对王位也没什么兴趣。”特蕾娅喉间好像哽了一块骨头似的，不吐不快。那些神出鬼没的追兵给她的生活带来极大的困扰，害她天天担惊受怕，活在一种不知下一秒追兵又会从哪个地方冒出来取她性命的恐惧中。

特蕾娅的话让一班老臣吃了一惊，急性子的大红胡子顿时嚷嚷起来：“什么？那怎么行？您也是塞尔西亚国的继承人，怎么能随随便便把王位让出去？”

安浦路斯伸手制止大红胡子的吵嚷，苦口婆心地劝道：“特蕾娅公主，切不可意气用事啊！塔拉公主虽确有管理国家事务的能力，但她近日来的言行让人日益忧心，我们更愿意推选一位德才兼备的继承人执掌宝印。”

“是啊，自从身边多了那个来历不明的占卜师莫哈后，塔拉公主就性情大变。听说塔拉公主对此人极为看重，几乎事事都与她商量。塔拉公主正是在她的谋划下不断拉拢皇族各派势力，铲除异己。国内很多大臣对塔拉公主的做法已颇有微词。”另一位大臣站出来说道。

大红胡子气哼哼地叉着腰道：“气死人了！塔拉公主为了一己私欲，早就忘了她的命是叶塞尼娅女王用命换回来的！”

“这是怎么回事？”莱茵奥特忙追问。

安浦路斯无奈地叹了口气，事到如今，他索性将知道的事情都讲了出来：“一个月前，塔拉公主为了追逐一只罕见的飞光豹违反了叶塞尼娅女王的规定，私自闯入了皇族禁地。叶塞尼娅女王收走了她的权力，并责罚她关半个月的禁闭。塔拉公主不服，与女王发生了争执，一气之下冲出了皇宫。当天夜里，女王得到消息，塔拉公主误入了迷雾黑森林，她担心女儿出事，带人去找。谁知，黑魔头的得力干将擎鸦已在那里布下了天罗地网，原来她们抓了塔拉公主后故意放出风声，引叶塞尼娅女王前往。那天夜里，女王再也没有回来，只有塔拉公主伤痕累累地逃回了皇宫。我们从一名跟女王前去救人的侍卫口中得知，女王为了救塔拉公主被黑巫师包围，最后她用‘交换魔法’将塔拉公主换了出去，自己则在激战中离奇消失。那天，我们派了很多人搜索那片山林，可除了女王的王冠再也没有发现其他踪迹。若不是塔拉公主任性地跑了出去，女王也不会落入黑巫师的埋伏，落得连尸首也寻不到。唉，女王的出事给塔拉公主带来了众多非议和巨大压力，她的情绪变得十分暴躁易怒，对我们这班老臣的劝诫不但不听，还加以驳斥。没过多久，有关特蕾娅公主在人类世界现身的消息传回了母国，就是从那时起，塔拉公主不再相信我们这些老臣，反而对身边那位占卜师极为宠信。”

“哼，那个占卜师浑身透着一股子邪气，满肚子坏水，塔拉公主跟着她能学什么好？”大红胡子老臣骂骂咧咧。

“叶塞尼娅女王和塔拉公主在迷雾黑森林里具体遭遇了什么谁也不清楚，但塔拉公主的变化大家都看在眼里，这正是我们感到担忧的地方。通常只有被黑化的人才会性情大变。我们怀疑塔拉在迷雾黑森林里就已经遭到了黑巫师的暗算，现在的塔拉公主很可能已经被人控制了！”

“会不会是黑巫师在背后捣鬼呢？上次擎鸦想将我黑化，但没得手，现在她们或许把矛头转向了塔拉公主。既然大家都怀疑，为什么不去证实呢？”特蕾娅看向安浦路斯问道。

安浦路斯忧心地摇了摇头：“我们不可以单凭猜测就贸然断定塔拉公主被黑化了。从宫廷到乡野，所有人都在为女王的过世而伤心，我们已经受不起第二次打击了。此事一旦传开，势必民心动摇，那些在边界生事的异族蛮兵就会趁机大举入侵，我们塞尔西亚国恐将陷入战火与内乱之中。”

安浦路斯的话还没说完，就被急脾气的大红胡子老臣打断：“糟了，到现在帕特罗特都没有来，会不会出事了？听说塔拉公主正在秘密筹备加冕大典，万一她得到王冠，她就能在国葬之后抢先称王了呀！”说完他重重跺了下脚。

周围一班老臣也意识到不妙，纷纷交头接耳议论起来。而特蕾娅却想：无论谁继承王位都不要紧，重要的是继承人不能被黑巫师掌控！她两次目睹被黑巫师黑化后的公主，如果未来的新王被黑巫师控制，对于整个国家都将是一场灾难！

她必须回去，将塔拉公主身边的威胁一一扫清！就算是拥有皇室血脉的她对国家尽一点点力吧。

安浦路斯似乎也极为担心，皱着眉头在原地走来走去念叨着什么：“帕特罗特一族世世代代保管王冠从未出过差错，而且他们保管王冠的独门魔法无人能破，应该不会有事。塔拉公主再怎么着急也要等到叶塞尼娅女王的国葬结束……对了！特蕾娅公主！”安浦路斯想到什么，转身对特蕾娅行礼，“明日就是过世的叶塞尼娅女王的国葬日，如果您能到场，相信您的到来足以起到安定人心的作……”

“砰”！安浦路斯话刚说了一半，突然被一声异响打断，歌剧院的大门被用力撞开。紧接着，一个白胡子老者踉踉跄跄地出现在灰尘弥漫的门口，没走几步就重重地摔倒在地上……

第三章

戴黑手套的乌衣社

这下，众人清晰地看到了来人的长相。浅蓝色的披肩卷发，黑色的披风下是宽松飘逸的宽袖白袍，手腕上戴着一对样式繁复精致的黄金手环，看上去就像从某个国家来度假的贵族公子。

正在索菲亚歌剧院秘密集会的人们被突如其来的撞击声打断，大家齐刷刷地朝门口看去。是在地铁站遇到的那个爱发脾气的老人！特蕾娅一眼认出了倒在地上的人，忙跑了过去。只见帕特罗特浑身是伤，雪白的头发如鸡窝般蓬乱，身体被一种藤蔓缠绕着，藤蔓的刺深深地扎进了他的身体，渗出的鲜血将周围的衣服都染红了。帕特罗特倒在地上浑身发抖，口中发出痛苦的呻吟。

“快走……快离开这儿……危险……”

天哪！谁这么残忍？竟然对一位老人下此毒手！

“帕特罗特先生！”特蕾娅赶紧冲上前去解缠在帕特罗特身上的带刺的藤蔓。就在这时，令人吃惊的一幕出现了，倒在地上的帕特罗特身上发生了一系列变化：身上的衣服消失了，白花花的头发化作几束色彩艳丽的鸟的冠羽，身上长满了羽毛，手臂和腿变成了巨大的翅膀和脚爪……

妈呀，这是什么情况？刚才明明看见走进来的是帕特罗特先生，怎么转眼间，一个大活人竟变成了一只鸟儿？

一只体形巨大的鸟儿颤动着翅膀试图站起来，但尝试了几次都失败了，它气息奄奄地趴在地上，发出一声虚弱的鸣叫。

莱茵奥特扶起受惊吓的特蕾娅，低声解释道：“这不是帕特罗特先生。有人在这只鸟儿身上施了变身术，时间一到，魔力自然就消失了。”

“这不是帕特罗特身边的大翼鸟吗？难道是帕特罗特出事了？”大红胡子老臣认出了这只鸟儿，咋咋呼呼地惊叫起来，立刻用魔法棒解除了大鸟身上的藤蔓。

“你们看到这些荆棘了吗？这是乌衣社追捕人时常用的手段！没想到他们也来到了人类世界！”安浦路斯意识到事情不妙，脸上露出前所未有的严峻神情。

特蕾娅一边用纸巾帮大翼鸟擦着身上的血迹，一边好奇地问：“什么是乌衣社？”

大红胡子老臣面色难看地小声说：“乌衣社是王宫侍卫队下面一支专门执行高难度秘密任务的骑士团，以前办过几件轰动的事情，不过最近听说乌衣社的团长与塔拉公主走得很近，经常帮塔拉公主办一些见不得光的事。哼，现在的乌衣社几乎快变成披着皇家外衣的无耻之徒的聚集地了！”

“看来我们这次的行动已经暴露了，这里不再安全了，我们得马上离开这儿！”大红胡子老臣身边的一个人提醒了安浦路斯，安浦路斯转向特蕾娅说道：“公主，我们要尽快赶到圣女湖畔，那里停着一艘游艇，负责接应我们的人也在那儿。”

“我跟你们走！”情况紧急，特蕾娅无暇多想，她帮大翼鸟包扎完腿上的伤口后，将它抱了起来。莱茵奥特警惕地四处张望一番，冲他们点了点头：“快出发吧。”

特蕾娅跟着一班老臣借着楼房阴影的掩护，匆匆往圣女湖方向撤离，走着走着，周围渐渐起了雾。不知为什么，特蕾娅心里总觉得有些不踏实，周围看起来似乎跟往常有些不一样。此时天色已近黄昏，往常这个时候路上应该能看到很多行人饭后散步、游玩。而事实上，周围只有少许行人的身影。他们有的坐在茶馆窗边喝茶，有的倚着路边灯柱看报纸，还有的坐在花池旁吸烟……所有的人都很安静，周围也听不到半点儿嘈杂和喧嚣。更令她感到奇怪的是，倚着灯柱的人手中的报纸分明拿反了，坐在花池旁吸烟的人烟头根本没有点着，坐在茶馆窗边的人更可笑，每次都端着空杯子做出一副一饮而尽的样子。他们不像是在生活，倒像是在表演哑剧。特蕾娅狐疑地朝他们投去一瞥，回头对跟在身后的莱茵奥特小声说：“你注意到路边那几个人了吗？有点儿古怪。”

特蕾娅肩头的咘咘也望过去，纳闷道：“有吗？咘咘可没瞧出有什么古怪，咘咘只觉得他们形单影只的样子好没意思。”

形单影只？咘咘的话提醒了特蕾娅，她猛然想到了让她感到不对劲儿的地方。那些大男人都没有伴儿？大晚上的一个人留在外面，难道是在享受独处的乐趣？

走在前面的安浦路斯侧过身，语调轻松地安慰道：“无须紧张，特蕾娅公主，我们可是有备而来的，所有的事情都在我们的掌控之中。放心吧！”

莱茵奥特似乎也嗅到了危险的气息，他刻意与老臣们拉开一点儿距离，将声音压低，只让特蕾娅听到：“这些老臣并没有在人类世界生活的经验。我们要打起十二分精神，一有风吹草动，必须马上撤离。”

他的话是什么意思？特蕾娅小心地看了看前后，凑近莱茵奥特小声问：“那他们怎么办？”

“来到这儿的追兵大都是冲你来的，不会为难这些老臣们，他们应该没有危险。”

特蕾娅的心跳得厉害，不知道那些老臣的计划是否周全，她能否平安地离开这里。特蕾娅没想到自己回母国的方式如此特殊，居然要在这么多老臣的合力协助下才能回去，一时间思绪万千，连她自己都无法说清此时此刻的复杂心情。

“快，我们的游艇就在前面！”安浦路斯回头低声招呼同伴。大家加快脚步穿过一片打烊的店铺和绿化带，来到一处偏僻的湖畔。眼看胜利在望，老臣们纷纷加快了脚步。特蕾娅放眼望去，附近一个人影也没有，飞鸟也毫无踪迹，整个湖畔静得出奇，只有一艘银白色的豪华游艇静静地停泊在岸边。

大红胡子老臣难掩喜悦地对特蕾娅小声说：“这里地处偏僻，三面被岩石岛礁包围，还是帕特罗特推荐的地方。我们经过商议，一致认为这儿是最安全的撤离点，很难被人发现！”

“没错，这次出行我们可经过了精心周密的安排，我们从这里就能坐游艇神不知鬼不觉地离开。”安浦路斯抬头看向面前的游艇，笑得像孩子般开心，“我还是第一次坐人类世界的游艇呢，相信一定很有意思！快去通知上面的人亮起灯来！”

大红胡子老臣乐颠颠地跑过去，跑到游艇前，不知他看到了什么，突然刹住脚步，像雕像般呆立在原地。

“怎么了？”特蕾娅和老臣们快步赶过去，眼前的景象让所有人都有些吃惊，“这……这是……”停靠在岸边的游艇底部出现了一个大洞，看上去像是被人用某种钝器凿的，湖水正往洞口里汩汩地灌。这艘游艇被人破坏了！

“喂，上面的，游艇这是怎么回事？”大红胡子老臣叉着腰，冲船上大声吼了一嗓子。他的话音一落，有个身影缓缓走上甲板，居高临下地望着面前的老臣们，一副傲视天下的姿态。由于天色太晚，来人又背对着光源，谁也看不清他的相貌。老臣们又惊又疑地交头接耳，相互询问来人的身份，他们从身形上认出这个人并不是他们的同伴。

“久违了，亲爱的安浦路斯老师。”那人慵懒地倚着栏杆，吊儿郎当地答道。

“阿尔斯兰？”一听到这个声音，安浦路斯意外地睁大双眼。这时，黑漆漆的游艇瞬间亮起，明亮的灯光倾泻在身材高挑的少年身上，映得他周身泛起一层淡淡的柔光。这下，众人清晰地看到了来人的长相。浅蓝色的披肩卷发，黑色的披风下是宽松飘逸的宽袖白袍，手腕上戴着一对样式繁复精致的黄金手环，看上去就像从某个国家来度假的贵族公子。哇！这个人好年轻啊！特蕾娅微微一怔。大红胡子和一班老臣们一看到他，顿时没了声音，每个人脸上都露出了吃惊的表情。

“阿尔斯兰是什么人？”特蕾娅小声跟大红胡子打听。

“他是乌衣社的副团长，王宫侍卫长的亲弟弟。以前曾在安浦路斯门下当学徒，天分极高，后来因不守规矩被逐了出去。哼，此人行事乖张、我行我素，从不把宫廷规矩放在眼中。最棘手的是，乌衣社执行的从来都是赶尽杀绝的任务。”大红胡子看不惯地低哼。

安浦路斯皱着眉，极为不满地喝问：“你怎么在这儿？”

阿尔斯兰端来一杯酒，饮下，懒洋洋地答道：“我也不想来，没办法，乌衣社接到的命令是阻止冒牌公主回母国。”

“你这个混账！她不是冒牌公主，而是叶塞尼娅女王的小女儿特蕾娅公主！”安浦路斯沙哑着嗓音怒喝。

“是与不是跟我无关，我不过是按命令行事，我也想早点儿完成任务回国啊。放心吧，天底下谁有我这么仁慈呢，我在神殿前曾发过誓，绝不为难和伤害美貌的女孩，你们应该庆幸遇到的是我。”阿尔斯兰放下酒杯，抬眼看向人群中的特蕾娅，冲她露出一抹灿烂迷人的微笑。随后，他又漫不经心地补充了一句：“啊，对了，有人让我捎句话，叶塞尼娅女王的葬礼将在明天举行，塔拉公主的加冕大典将在后天举行，为了确保皇宫有秩序地举办这两个重要的典礼，希望你们能在人类世界多玩几天，索性就当度假好了。”

“你这个顽徒！你想阻止我们？帕特罗特就是被你们抓起来的吧？”安浦路斯手指着阿尔斯兰，怒气冲冲地大声质问。

阿尔斯兰心烦地掏了掏耳朵，无奈地劝道：“亲爱的老师，火气别那么大嘛，肝火大容易伤身。”阿尔斯兰扶着栏杆看向特蕾娅，邪肆地勾了勾嘴角："喂，冒牌公主，我要是你，就踏踏实实地留在这里，何必回母国自讨没趣？"

"如果我是冒牌公主，塔拉公主怕我做什么？难道我的存在威胁到她了吗？就算你阻止，我也要回去，我一定要当面问问塔拉公主这个问题！"特蕾娅握紧双拳，口气坚决而激动。

"啧啧，很不幸，乌衣社不会放你过去的……"阿尔斯兰抬手做了个动作，特蕾娅和众人警惕地扭头看向四周，一道，两道，三道……附近陆续出现乌衣社皇家骑士的身影，有的出现在游艇上，有的从岩石后面冒了出来，就连老臣们的身后也出现了三名骑士，他们被乌衣社骑士团团包围了。

特蕾娅一眼认出后面的三个人就是他们来时遇到的那几个举止古怪的人。所有乌衣社骑士的左手上都戴着特制的黑色皮手套，似乎这是乌衣社的标配。

"你以为你们能拦得住我们吗？"安浦路斯大声质问。

"亲爱的老师，您不妨试试看，乌衣社的威名在整个塞尔西亚国可是响当当的哦。"阿尔斯兰轻笑，口吻犹如谈论天气一般随意。

特蕾娅偷偷扯了安浦路斯的衣角，安浦路斯马上转过身来："安浦路斯先生，我们是不是走不掉了？"

"真是惭愧，此事恐怕有点儿棘手，我们的计划出了纰漏，让乌衣社夺了先机。唯今之计，我们只能分头走了。我们在这里牵制他们的兵力，你们想办法从界门走。"安浦路斯正低声说着话，旁边的莱茵奥特注意到阿尔斯兰从腰间拔出了魔法棒，立刻警觉地举起了自己的魔法棒，“咻”的一声，两道耀眼的光束在空中相遇，激发出巨大的火球，火球的光芒照亮了一方天地。

“那是什么？我的天啊！”不远处传来一声惊呼，一名女游客无意中路过，看到了这边的情形，吓得掉头跑开。

老臣们见阿尔斯兰出手了，纷纷拔出魔法棒，指向阿尔斯兰。乌衣社骑士也拔出了武器与他们对峙，气氛变得紧张起来。莱茵奥特见事情有变，果断地向安浦路斯告辞：“安浦路斯先生，这里就交给你们了，我带特蕾娅公主先撤。我们国葬礼上见！”

“阿尔斯兰先生，你刚刚说过你不为难女孩，没错吧？”特蕾娅提高声音问道。阿尔斯兰会意地扬了下眉，优雅地抬了下手，守在后排的乌衣社骑士纷纷垂下了手中的武器。莱茵奥特保护着特蕾娅向后退，果然，没有遭到他们的阻拦。

“留步，那位小姐。”阿尔斯兰见特蕾娅要走，高声喊道。

特蕾娅无意理会后面的喊声，脚步也没有放缓。

“留步，美女！那位绝世美女！”阿尔斯兰又提高了声音。

这次特蕾娅停卜脚步，转身揶揄一句：“你的审美观可不怎么样呀，我怀疑你的眼睛是不是瞎了。”

“恕我有公务在身，初次见面多有得罪，不过我热爱美好事物和正义的心一点儿也不逊于王公贵族，希望下次见面我能有幸请你喝杯人类世界的美酒。”阿尔斯兰做了个举杯的手势，微微一笑。对于阿尔斯兰轻佻的话语，特蕾娅嘲弄地低笑了几声，这位贵族公子毫无顾忌地在众人面前说出这种话，简直是不把别人放在眼里，的确很有个人风格。

“好啊，我更想品尝一下魔法大陆的美酒佳肴，请多准备一些，我一定会登门拜访。”特蕾娅毫不示弱地反驳。这个无耻的家伙，有机会的话她一定好好回敬他一记耳光！特蕾娅说完，像只发怒的小狮子似的气呼呼地往回走。

阿尔斯兰抵着栏杆饶有兴趣地目送远去的两道身影，低声自语：“这个人类女孩颇有几分胆量，她身边的那个骑士好像在哪儿见过似的……似乎是个不容易对付的家伙……”

离开圣女湖后，特蕾娅和莱茵奥特搭乘最后一趟旅游观光车回城。由于马路上行人稀少，司机加大油门，开着旅游观光车顺着向下的斜坡一路飞驰。

空荡荡的车上除了司机再没有其他乘客，特蕾娅坐在观光车的最后一排，疲倦地靠着椅背休息，郁闷到了极点。莱茵奥特扭头看了一眼愁眉苦脸的特蕾娅，开口劝道：“特蕾娅公主，没什么可沮丧的，我知道一条通往魔法大陆的秘密通道，虽然有些危险，却是通往那边的一条近路，我可以带您……”

“吱——”他的话还没说完，旅游观光车突然发出一阵尖利刺耳的刹车声，猛地停在了路中央。

特蕾娅和莱茵奥特在惯性的带动下猛地朝前一晃，又重重地跌回座位。突如其来的变故吓了特蕾娅一跳，她几乎是立刻从座位上弹了起来：“司机叔叔，出了什么事？”

这时，车头大灯亮起，耀眼的光圈内出现了一个人，他站在马路中间平伸双臂，拦在车的前面，脸上流露出惊骇的神情。

第四章

骑士的秘密身世

黑衣人脸上露出了不怀好意的笑容：“看来他并没有将所有的事告诉你啊，当然，那样做的话，没人会愿意选他这样的人当骑士……对于一出生就背负着恶名的人，贵族子弟都唯恐避之不及呢。”

“布雷？”特蕾娅惊叫出声，没想到她的好哥们儿布雷竟然会冲到马路中间逼停一辆疾驰的观光车，这种不要命的做法把特蕾娅吓出了一身冷汗。她连忙跑到前方的车门处，冲外面喊道：“你在做什么？你怎么会在这儿？”

“臭小子，你不要命了！”司机把头从窗口伸出去，凶巴巴地大吼。

布雷好像被吓坏了，在原地僵了大半天，好一会儿才回过神，他手抚着“怦怦”狂跳的心脏，结结巴巴地向司机行礼道歉：“对、对不起，司机叔叔，十分抱歉！”他绕到车门口，一把将特蕾娅拉下来，拖着她就跑：“快，我有急事找你！”

特蕾娅跑了几步，一把甩开布雷的手：“等等，到底出了什么事，先把话说清楚！”布雷是特蕾娅的同学兼好哥们儿，特蕾娅因为住宅遭到了塔拉公主派来的追兵的破坏，为了安全，不得已搬到布雷家暂住。布雷一着急就口齿不清，语速又急又快，连说带比画地将事情讲给特蕾娅。

“我跟你说，刚才我接到维维亚娜的电话，她说她得到了一个机密消息，从你母国来的追兵抓了一个人，名字我也记不清了，好像是个叫什么怕怕螺丝的老头子……”

“你是说……帕特罗特！”特蕾娅突然想到一个熟悉的名字。

布雷用力点头，连声说道：“对对，就是这个名字。维维亚娜让你赶紧去地铁12号线废弃的红磨坊站点解救人质，她已经先赶过去了。我打你电话你不接，只好盯着你的手机定位在这儿截你。”布雷拉起特蕾娅的手往一条狭长的街巷里狂奔，莱茵奥特陪着他们一起赶往人质所在地。

特蕾娅原以为帕特罗特先生被乌衣社的人控制起来了，没想到他是落到了另一批人手中。难道有两拨人来到了人类世界？这些人怎么这么胆大妄为，竟然连母国的重臣都不放在眼里？特蕾娅越想越糊涂，有些搞不懂魔法世界是怎样一个状况。

特蕾娅穿过旧街区，一眼看见不远处的红磨坊车站，她快步跑过去沿着台阶向下奔去，跑到楼梯转角的时候，正好撞见刚刚赶到的维维亚娜。

“还是布雷有办法，能在第一时间找到你！我还担心你赶不过来了呢。”维维亚娜边说边陪着特蕾娅往地铁隧道深处跑去。维维亚娜是霓裳国的公主，曾跟特蕾娅一起在圣露西亚公主学院学习，也是唯一一个跟她有点儿交情的公主。

“怎么回事？报警了吗？”特蕾娅喘着气低问。

“笨蛋，这种事怎么能报警？一旦他们被抓，我们不也暴露了？”维维亚娜翻了个白眼。特蕾娅隐约听到前面有点儿动静，忙竖起食指嘘了一声，四人立刻放轻脚步，贴着墙壁悄无声息地向前行进。废弃的地铁隧道里光线昏暗，只能依稀看见前方的铁轨间有个人被绑在椅子上，随着距离不断拉近，大家的视野变得越来越清晰，绑在椅子上的人正是帕特罗特！

帕特罗特低垂着头一动不动，似乎陷入了昏迷。旁边有个黑衣人背对着伙伴们蹲在地上，正在皮箱里翻找着什么，他把里面的东西扔得满地都是。“该死！怎么没有？一定是被他藏起来了！”那个黑衣人狠狠地踢了一脚皮箱，气得直咬牙。

“你在找帕特罗特先生保管的王冠吗？”特蕾娅踱步上前，突然开口道。那个黑衣人一惊，迅速将一个相框揣入怀里站了起来。

“是你？”特蕾娅一眼认出眼前的这个人就是在地铁里试图对她下手的那个人！

黑衣人的手刚要摸向腰间，早有防备的维维亚娜抢先举起魔法棒：“赫赫巴斯，去！”没等黑衣人摸到魔法棒，武器一下就被弹飞了出去，“啪”的一声落在了十米远的地方。特蕾娅肩头的咘咘十分兴奋，恨不得自己也上去冲锋陷阵。

一看到黑衣人的样子，莱茵奥特的目光瞬间锐利起来，迅速拔出腰间的魔法棒指向对方，同时将特蕾娅拉到自己身后。布雷见状，忙不迭地躲到特蕾娅身后。

“好久不见了，莱茵奥特殿下。你好像很紧张呀。”黑衣人勾着嘴角，扯出一丝嘲弄的笑。

莱茵奥特沉着脸，对黑衣人的问候充耳不闻，冷淡地说道：“的确好久不见，没想到你竟然当了别人的走狗！”

“准确地说，我是为尊贵的皇族效力。而你，堂堂骑士学院的高才生居然给一个来历不明的人类当跟班，你以为靠她就能翻身吗？”黑衣人无视莱茵奥特的挖苦，嘲讽地笑道。

“怎么？他们两个人认识？”特蕾娅一脸不解。

咘咘用爪子抚着细长的胡须，在主人耳边细声细气地说：“听口气可不怎么友好哦，他们看起来更像仇人。”

维维亚娜没有发表任何意见，一直警惕地盯着黑衣人。

“你到底是谁？为什么追杀我，还绑架帕特罗特先生？”特蕾娅上前一步，咬牙切齿地冲黑衣人怒喝。

黑衣人嘿嘿笑了两声：“我是莱茵奥特的同级生，也是他在骑士学院唯一的同伴，当年我们两个并肩完成了很多轰动全校的壮举呢。对不对，莱茵奥特殿下？”

特蕾娅疑惑地看向莱茵奥特：“你们真的是同学？”

黑衣人脸上露出了不怀好意的笑容：“看来他并没有将所有的事告诉你啊，当然，那样做的话，没人会愿意选他这样的人当骑士……对于一出生就背负着恶名的人，贵族子弟都唯恐避之不及呢。”

背负着恶名？什么意思？莱茵奥特以前发生过什么事吗？特蕾娅和同伴们纷纷朝莱茵奥特看去。莱茵奥特握紧了魔法棒，目光变得锐利无比，紧绷着脸大喝：“雷奥纳多，你再敢多说一句不该说的话，我一定让你好看！”

黑衣人雷奥纳多完全没把莱茵奥特的威胁放在眼里，朝他露出阴险的笑容：“得了吧？你以为你的过去能瞒得住吗？从你决定跟随这个人类丫头的时候就该清楚，你那些不为人知、刻意隐瞒的过去早晚会被人翻个底朝天！”

怎么回事？莱茵奥特隐瞒了什么？特蕾娅疑惑地看向莱茵奥特，一向冷静的莱茵奥特在雷奥纳多的言语攻击下激动得难以自抑，浑身都在微微颤抖，紧咬着的下唇渗出一丝鲜血。她从未见过莱茵奥特这样情绪失控，眼前的他竟然让她感到一丝心疼。

“他一定没有跟你提过自己的过去吧？”雷奥纳多不怀好意地讲起了莱茵奥特的过去，“你面前的这个人空有王子的头衔，却是一个被父亲厌恶、被母亲抛弃的可怜虫。他的母亲可不是什么贵族千金，甚至连平民都不如。他不过是雪奥国国王酒后跟一个低贱的女仆所生之子！听说他的母亲为求自保，狠心地将他扔到贫民窟的垃圾堆里，转身就抱着王后的大腿哀求让她伺候小王子来赎自己的罪。幸好莱茵奥特命大，被别的好心女仆偷偷抱了回来。流着王室的血却从不被王室承认，是不是你，莱茵奥特殿下？别人不清楚你的底细，我可知道得一清二楚，谁叫我们曾经是无话不谈的好朋友呢。若不是我好心时常接济你，恐怕你在骑士学院一天都待不下去。”

莱茵奥特脸色煞白，紧咬着嘴唇，似乎在竭力控制着情绪。一双泛红的眼睛狠狠地看着雷奥纳多，眼神冷得吓人。

“莱茵奥特从小在仆人群里长大，受尽了嘲笑与鄙视。他发愤图强，一心想闯出点儿名堂，奈何王后视他为眼中钉，一心要将他除之后快，连他的亲生母亲也在旁协助。他在宫里待不下去了，国内没有他的立足之地，他只好投奔骑士学院。当然，为了让自己出人头地，他比任何人都努力，可又有什么用呢。流在血液里的耻辱，一辈子都难以摆脱。”

莱茵奥特胸膛剧烈起伏，握在手中的魔法棒缓缓地垂了下去，眼圈渐渐红了。

“没想到你这么走运，叶塞尼娅女王竟然看上了你。自从听说你跟了这个人类丫头，我就猜到了你的心思，你想堂堂正正地回归魔法大陆，重新做回自己，可惜这一切都是徒劳，无论你做什么，你都是一个见不得光的低贱之人！”雷奥纳多的最后一句话像一把利剑狠狠地戳中了莱茵奥特的心窝。莱茵奥特低垂着头默然不语，紧握的拳头不住地颤抖，一滴鲜血从指缝间缓缓滴落，“啪”地打在地面上。

特蕾娅吃惊又难过地看着他，没想到雷奥纳多一番话竟然对莱茵奥特造成如此大的打击和伤害，她紧紧握住莱茵奥特的手，猛地转向雷奥纳多怒斥：“够了！那又如何？人不能选择自己的出身，但可以选择怎么样活。王子可以有很多个，但莱茵奥特只有一个。他可以通过努力改变自己的命运，这就足够了！”

特蕾娅感觉到莱茵奥特的手用力地握住了自己的手，似乎在感激她的仗义执言。布雷也豪迈地大声附和特蕾娅：“没错！英雄不问出处！只有目光短浅的浑蛋才会在意那些虚名和地位！喂，那个谁，你口口声声论地位，你的地位有特蕾娅高吗？人家是公主，你呢？”布雷的挑衅引来雷奥纳多一记杀人般的眼刀，吓得他立刻缩着脖子，飞快地躲到特蕾娅的身后。

维维亚娜抱着双臂倚墙而立，低低地哼笑：“真是个不自量力的家伙，估计是脑袋被门夹了！”

“特蕾娅公主的境遇不比莱茵奥特好多少吧，同样是被母亲抛弃的人，有什么资格回魔法大陆？”雷奥纳多不屑地说，“据我所知，塔拉公主很快就要举行加冕大典，成为塞尔西亚国的新王了，我劝你还是不要自讨没趣跑去看别人的白眼了。”

“要不要回魔法大陆由我自己决定，你不过是一个听命于乌衣社的小角色，凭什么替我做主？”特蕾娅注意到雷奥纳多的左手戴着一只跟阿尔斯兰一模一样的皮手套，顿时猜到了他的身份。

“你知道的还不少呀，上头给乌衣社的任务是阻拦你回国，不过上头也知道，那个阿尔斯兰靠不住，特地派我前来助他一臂之力。还好，我发现了落单的帕特罗特，我猜到你一定会来救这个老头子，所以故意放出风声，引你前来。”

维维亚娜一听上了雷奥纳多的当，清丽的面庞倏地阴沉下来，不高兴地冷哼：“我不认为你有能力对付我们四个人！”

“啊，等等！准确地说是三个人，我跟这件事没有关系，你们的内部矛盾内部解决就好，嘿嘿！”眼见气氛越来越紧张，布雷生怕自己被卷入其中，连忙摆着双手，一脸谄笑地向后退。维维亚娜看出布雷要开溜，故意用魔法棒将他定住。布雷发现自己的脚被牢牢地定在地上，急出一脑门儿汗：“维维亚娜，快放开我！我知道是你干的！”维维亚娜故意端出一副与自己无关的模样将头转向另一边，嘴角却泛起一丝坏笑。

“你把我引到这里来到底想干吗？”特蕾娅愤然喝问。

“你这个不安分的人类孩子，我知道腿长在你身上，谁也约束不了你，但我相信，他能！”雷奥纳多眯起细长的眼睛朝帕特罗特斜去，阴毒地低笑，故意将转椅转向了伙伴们。

当看到帕特罗特的那一刻，伙伴们不禁吃了一惊，帕特罗特的眼睛竟然是睁着的！他瘫坐在椅子上，头歪向一边，眼睛却直直地瞄着头顶，一动不动。特蕾娅原以为他昏了过去，谁知竟是这种状况。她不顾一切地飞扑过去，一把按住他的肩头急切地叫喊：“帕特罗特先生，您怎么样了？”特蕾娅晃了帕特罗特几下，没有得到任何回应。她觉得很不对劲儿，定睛一看，心里不由得咯噔一下。帕特罗特眼神空洞，对她的叫喊全无半点儿反应，看起来活像一具被抽走了灵魂的躯壳。

“省省吧，他听不到任何声音，他现在完全沉浸在自己的世界里，对外界没有半点儿反应。再过半个小时，他的意识就会被彻底摧毁，从此变成供他人驱使的行尸走肉。”

“什么？怎么会这样？”特蕾娅后背升起一阵寒意。

“你到底对他做了什么？”莱茵奥特厉声喝问。

“我劝他交出王冠，他不肯，我只好对他实施了摄魂术。”雷奥纳多脸上露出了阴森的笑容。

摄魂术？这个名字好像在哪儿听过。特蕾娅正觉得这个名字有些耳熟，忽听维维亚娜震惊地说：“摄魂术！那不是黑巫师惯用的黑暗魔法？”

莱茵奥特脸色骤变，愤然怒喝：“你竟然对皇室重臣使用黑暗魔法！你这个恶习不改的浑蛋！”摄魂术是黑暗魔法？特蕾娅被这个可怕的字眼吓得打了个寒战，不敢去想，半小时之后，没有了自己思想的帕特罗特先生会变成什么可怕的样子。不能让坏人的计划得逞！想到这儿，特蕾娅猛地扬起一记手刀重重地砍在帕特罗特的后颈处，帕特罗特的头猛地低垂下去，连人带椅摔倒在地上。雷奥纳多没想到特蕾娅会突然使用这招干扰他的计划，顿时恼羞成怒，他扬起手，朝特蕾娅跑去。

“小心！”莱茵奥特惊呼。

几乎同时，特蕾娅的脖子被雷奥纳多一把掐住。

“你这个多事的丫头！你不知道有多少人不惜一切代价想要你这条小命吧！”雷奥纳多在特蕾娅耳边恶狠狠地说道。

莱茵奥特和维维亚娜迅速将魔法棒指向雷奥纳多，不知何时被解开咒语的布雷左右看了看，飞快地从地上搬起一块石头，随时准备找机会重重砸向雷奥纳多的脑袋。

“放开她！雷奥纳多！”莱茵奥特怒喝。

唔……好痛！特蕾娅皱着眉头用力地挣扎，却是徒劳。雷奥纳多的手指像铁钳般有力，任凭她怎么挣扎都无法挣脱对方的钳制，脖子几乎快要被捏断了！特蕾娅脸色惨白如纸，豆大的汗珠从头上滚滚而下，整个人就像抽走了力气的傀儡娃娃绵软无力。渐渐地，她的眼前开始发黑，脑袋一片轰鸣，两腿软得眼看快要站不住了……

不行，快坚持不住了……对不起，妈妈……我回不去了……特蕾娅仅存的意识还在苦苦挣扎，依稀看见莱茵奥特满脸惊恐地看着她，口中大喊着什么，但是她已经什么都听不到了，眼前一黑，整个人坠入了黑暗的深渊……

第五章

魔法大陆的入口

“什么？这里？这里只有崇山峻岭，怎么会有秘密入口？难道你们进出魔法大陆都要经过这里？”特蕾娅指着窗外的群山和密林，难以置信地看着他们。

就在特蕾娅即将失去意识的最后一刻，耳边响起了莱茵奥特的高喊，紧接着一股凉风扑面，有人扑过来一把抱住了她，鼻尖环绕着一股熟悉的气息。是谁？特蕾娅还没想出答案，就昏迷了过去。

不知过了多久，耳边渐渐有了纷乱嘈杂的声音。好黑啊……眼前是漫无边际的黑，伸手不见五指……重新有了知觉的特蕾娅感觉自己就像飘浮在空中，轻飘飘的，耳边能清楚地听到周围的动静，眼前却是一片漆黑，什么也看不到。

“主人什么时候才能醒过来？她不会一直这样睡下去吧？”特蕾娅耳畔响起喃喃担忧的低语。

“医生还说特蕾娅半个小时后就能醒过来呢，现在已经一个小时了她还在昏迷，我们不会遇到骗子了吧？要不要我去追那家伙把钱要回来？那可是我半年的零花钱呀！”布雷心疼地低叫。

“啰唆！你再多说一句我就把你的嘴巴封起来，让你这辈子都说不了话！”维维亚娜凶巴巴地打断了布雷的话，她的话音一落，车厢里果然安静了许多。一向存不住话的布雷真的乖乖闭上了嘴。

“不许欺负我朋友！”昏迷中的特蕾娅突然开口说了一句话，随即也睁开了眼睛。

“主人醒了！”咘咘惊喜地跳过来，开心地把头凑到特蕾娅脸庞上亲昵地蹭来蹭去。

特蕾娅虚弱地看向周围，目光从围在身边的好几张熟悉的面孔上一一扫过，莱茵奥特、维维亚娜和她的骑士、布雷……当视线落在最后一张苍老的面庞上，她不由得脱口而出：“帕特罗特先生！”一看到他，特蕾娅猛地想起了地铁里发生的事，一骨碌坐了起来，环顾四周，“我、我这是在哪儿？”

“特蕾娅，你终于醒了！真是太好了，我真是为你担心死了！”布雷高兴地张开双臂，就要去拥抱特蕾娅，不料被旁边的维维亚娜一把揪住了后衣领。

“我说，有你什么事？”维维亚娜不耐烦地哼道。

“放开我！我是特蕾娅的好哥们儿！” 布雷不高兴地冲维维亚娜抗议，谁知，一扭头，正好撞见帕特罗特绷着一张脸走过来，布雷立马捂住自己的嘴缩着脖子飞快地往维维亚娜身后躲去。他可不敢冲撞魔法世界的人，谁知道他们会不会一挥魔法棒就让他的脑袋跟身体分了家。维维亚娜的骑士亚力克对布雷有些反感，不失时机地上前一步拦在布雷与主人之间，故意不让布雷靠近他的主人维维亚娜。布雷悻悻地摸着鼻头只好退到角落里。特蕾娅被布雷的窘态逗笑，扭头朝莱茵奥特看去，莱茵奥特冲她微笑地点了下头。

“特蕾娅公主，我必须要批评你！”帕特罗特摆出长者的姿态，一脸严肃地对特蕾娅说道，“身为公主，你怎么能不顾自己安危做出这么危险的举动！要是你有什么闪失，岂不是让我无颜面对魔法大陆的人？你想让我成为千古罪人吗？哼！我们卡塔尔家族几世荣耀，可背不起这个黑锅！”特蕾娅心虚地瞄着帕特罗特，额头冷汗直冒，没想到帕特罗特一上来就对她一通狠批，毫不留情。帕特罗特发完火之后，转过身去，很不自然地又补充了一句：“虽然我不赞成你的所作所为，但我还是要谢谢你救了我一命。”

啊？这是在感谢她吧？特蕾娅笑眯眯地挠头：“嘿嘿，不用客气，这是我应该做的。”

帕特罗特猛地转过去，气呼呼地冲她大吼：“下次再也不许这样做！不然我跟你没完！”特蕾娅吓得打了个哆嗦，忙不迭地点头。维维亚娜看到特蕾娅在盛怒的帕特罗特面前就像一个做错了事的小孩，不禁暗自偷笑，看不出来特蕾娅这么怕帕特罗特这个老头子。

“喂，你这个老人家怎么这么不讲理？特蕾娅冒着生命危险去救你，你反倒骂她？”布雷忍不住站出来替特蕾娅抱不平。帕特罗特瞪着铜铃般的大眼睛朝布雷看去，布雷眼皮一跳，立马缩到角落里捂着耳朵装鸵鸟。

“对了，我之前不是被雷奥纳多抓住了吗？你们是怎么救出我的？”特蕾娅好奇地看向莱茵奥特。

维维亚娜抱着双臂答道：“这还要多谢你的萌宠咘咘，是它在危急关头一口咬住了雷奥纳多的手。我和莱茵奥特趁他分心的时候向他发动攻击，打了他一个措手不及，后来亚力克及时赶到，我们联手将雷奥纳多赶走了。啊，忘了说一句，布雷也出了力，雷奥纳多逃走的时候被布雷扔出的石块砸伤了腰，估计有他受的了。”

“谢谢你，还有亚力克。”特蕾娅由衷地向维维亚娜和她的骑士表示感谢，维维亚娜欣然接受，反倒是亚力克不好意思地摸了摸脖子，红着脸讷讷地解释：“不不，别客气，您是主人的朋友，又是塞尔西亚国的继承人，救您是应该的！”

“哼！那个雷奥纳多把我箱子里最重要的东西偷走了，等找到他，看我不扒了他的皮！”帕特罗特气愤地咬牙道。

“什么东西没了？”特蕾娅关心地追问。

“我们家族世代保管的皇族的王冠藏在一张油画照片中，雷奥纳多把那张照片偷走了！一定是塔拉公主授意他这样做的，好赶在我们回去之前举行加冕大典！我必须马上回去阻止这件事！”帕特罗特攥紧拳头，气呼呼地说道。

“嘎——”这时，窗外传来了乌鸦的叫声，特蕾娅扭头望去，意外地看到了一大片壮观辽阔的绿色林海。哎？怎么是在空中？特蕾娅转头打量周围，这才注意到他们是在火车的包厢里。她飞快地从床上跳下，把脸凑到车窗前向外张望。他们乘坐的这列火车正沿着高架桥一路飞奔，而高架桥竟然建在茂密的丛林中，从车窗向下望，映入眼底的除了密不透风的绿色林海，还有几只在空中飞舞的色彩艳丽的大鸟。

“好美的鸟儿啊，我从来没有见过那么大、那么漂亮的鸟儿呢！”特蕾娅着迷地望着那些姿态优美的大鸟，不禁惊叹。

“这不是人类世界的鸟儿，这是从我们魔法世界里飞过来的大翼鸟。跟随我的那只大鸟就是它们中的一员。”帕特罗特端坐在座位上，双手交叉拄着拐杖，习以为常地说道。

特蕾娅突然想起那只摔进索菲亚歌剧院的浑身血淋淋的大鸟：“我见过你说的那只鸟儿，我把它托付给安浦路斯先生照顾了。它怎么受了那么重的伤？”

“都怪那个司机，拉着我四处转来转去，最后嫌我没钱把我扔在了路边。谁知正好撞上雷奥纳多，我只好将大翼鸟变成我的模样，我俩分头跑，好迷惑雷奥纳多，谁知被那小子识破了，最后我被他堵在了一条巷子里。后来的事你们也知道了。”一想到这桩丢脸的事，帕特罗特没好气地冷哼了一声。

“还好，我们都脱险了！对了，我们这是要去哪儿啊？”特蕾娅扭头朝莱茵奥特投去一个疑问的眼神。

莱茵奥特微微一笑：“我们要带你回魔法大陆，我知道一个通往魔法大陆的秘密入口，就在这座山林中。”

“什么？这里？这里只有崇山峻岭，怎么会有秘密入口？难道你们进出魔法大陆都要经过这里？”特蕾娅指着窗外的群山和密林，难以置信地看着他们。

莱茵奥特耐心地解释道：“也不完全是，各国都有自己的秘密界门，塞尔西亚国的界门我还不是很熟悉，但我知道通往魔法大陆的天然界门。这些天然界门通常都设在地势险要的地方，越是人迹罕至的地方越有天然界门存在的可能，那些危险复杂的地理环境恰好也是通往魔法大陆的安全屏障。我们要去的秘密入口就藏在这个大瀑布的下面。”

“天哪，太危险了！难道就没有稍微安全点儿的界门吗？”特蕾娅吃惊地睁大眼睛。

“我们皇室成员无须穿越危险的天然界门，我们有宫廷直属的官方界门。”帕特罗特捋着浓密的白胡子，言语神情中带着一丝得意。听到这里，管不住嘴巴的布雷忍不住又插了一句：“喂，您既然知道安全通道，为什么不带我们走那里？”

帕特罗特轻哼一声：“那可不行，这次我们是秘密出行，绝不能惊动其他人。为了掩人耳目，我们使用了皇室成员专用的秘密通道。这条通道通往我们设在人类世界的一个秘密据点，可惜由于疏于管理，据点不知怎么落到了人类百姓手里，变成了他们的居所，我们要想通过那里必须格外小心才能不被发现。所以除非遇到紧急情况，否则绝不能轻易使用。”

“既然那个据点多有不便，为何不将那里的界门封锁了呢？”莱茵奥特不解地问。

“那可是老国王选的址，皇室设立的通道怎么能随随便便就取消？无论人类世界怎么变化，界门是不会轻易更改的。”帕特罗特说话的样子活脱脱一位固执的老学究。

布雷想起自己家遇到的那些糟心事气不打一处来，他很反感魔法世界的人随意进出的行径，看着帕特罗特没好气地撇了撇嘴：“你们这些人光图自己省事，也不想想在别人家里进进出出，是不是太没有礼貌了。”

帕特罗特一看到布雷那张臭脸，眉头不悦地竖了起来，毫不客气地训斥：“臭小子！你敢指责我这个老头子？你的教养都去哪儿了？那个据点原本就是我们设在人类世界的产业，只是长时间未打理，不知怎么就被人类百姓给占了。我们还没怪人类挡了我们的路，你在这里叫什么屈？”

一向胆小的布雷竟然赌气地叉着腰，跟脾气大的帕特罗特硬碰硬。特蕾娅赶忙上前缓和气氛，将布雷拉到旁边，充当和事佬劝道：“算了算了，就随他们去吧。”

“不可以！就好比我家出的那件事，万一家里有人换衣服或是洗澡被他们偷看怎么办？这是很严重的道德问题！”布雷梗着脖子固执地说道。布雷的话一下子激怒了帕特罗特，他激动地挥着拳头，气得白胡须乱颤：“你这个臭小子！你的思想怎么这么龌龊！你以为我们是偷窥狂吗？你再敢多说一句污蔑我们的话，我就让你尝尝后悔的滋味！”布雷刚要再说什么，特蕾娅忙边把他往旁边推，边回头给帕特罗特赔笑：“童言无忌，童言无忌，哈哈！”

“小子，我一会儿再跟你讨论这个问题！”帕特罗特抬高下巴，有恃无恐地冲布雷喝了一声，似乎一点儿也没有把布雷的话放在心上。就在这时，飞速行驶中的火车发出一声长长的汽笛声，车窗外弥漫起轻薄的白雾。“快到目的地了，我们该下车了。”莱茵奥特向外望了一眼，提醒大家准备下车。

特蕾娅差点儿以为自己听错了，跑到车窗旁向外张望，疑惑地回头问莱茵奥特:“喂，你没搞错吧？在这里下车？火车现在在半空中，这里前不着村后不着店的，哪里有站台啊？”

“我们不需要在站台下车，我们要去的地方是前方的瀑布口，等火车从那儿经过的时候我们要跳下去！”莱茵奥特抬手指向窗外。特蕾娅顺着他手指的方向望去。前方不远处就是群山之巅，大瀑布所在地。水流从山顶一泻千里、水花飞溅，从车厢里就能听到瀑布奔腾时发出的惊心动魄的水流声。

特蕾娅向下俯瞰时，脸色顿变，手捂着怦怦乱跳的心脏，紧张得说话都有些口吃:“等等！这、这里离地三十多米高呢！这样跳下去会、会死人的！”

布雷闻言，飞快地冲过去向外看，眼前的情形吓得他倒吸一口冷气，整个人都感觉不好了。

莱茵奥特微微一笑，没有马上回答她，反而转向其他人:“你们怎么样？”

“我是没问题，我可以带着这个不会说话的臭小子。”帕特罗特轻哼，一把将布雷扯到自己身边，用力晃了一下。

维维亚娜抱着双臂一脸淡定:“我刚刚学会飞行术，我想，应该问题不大。”旁边的骑士亚力克紧张地咽了下口水，不安地瞄着主人，满脸窘态地在她耳边低语:“主、主人，呃……不好意思，我有恐高症，飞行术从没有及过格……”维维亚娜责备地瞪了他一眼，无奈地闭了下眼睛:“这么久都没学会，真是太‘佩服’你了！算了，我带着你一起吧！”

帕特罗特走到车厢间门口，握着车厢门把用力一推。

“呼——”随着车厢的门一开，强劲的冷风一下灌了进来，吹得伙伴们有些站不住脚，仿佛随时会被呼啸的大风刮出去。特蕾娅拖着发抖的腿小心翼翼地挪到门口，探头向下看了一眼。天呀，好高啊！从这儿跳下去还不摔得粉身碎骨？特蕾娅的心紧紧揪成了一团，抓着莱茵奥特的手不敢松开。

布雷刚探头就吓得飞快缩了回去，贴着车厢壁想要拔腿开溜，不料，才迈出一步就被眼尖的帕特罗特瞧见。帕特罗特一把揪住了他的后衣领：“给我回来，臭小子！现在我们可以继续讨论界门的事了。”

布雷浑身都在颤抖，对着帕特罗特双手合十，缩着脖子口齿不清地哆嗦：“不、不用讨论了，你说、说得对……你、你们爱怎样就、就怎……”最后一个出字还没说完，帕特罗特突然拦腰搂紧布雷，连招呼都不打，径直跳了下去。

“啊，救命啊——”布雷大叫一声，瞬间从门口消失了。维维亚娜拉着骑士亚力克的手来到门口，她做了个深呼吸，闭着眼睛与亚力克一起跳了下去。

立在特蕾娅肩头的咘咘惊恐地睁大眼睛，把头摇得像拨浪鼓一般：“不、不！咘咘不要跳下去！咘咘会没命的！主人，我们不要下去啊！”

“别怕，有我呢。”莱茵奥特冲特蕾娅微微一笑，伸手搂住了她的腰。

“等等，能给我找件跳伞服再跳吗？”特蕾娅勉强挤出一个轻松点儿的笑。

莱茵奥特摇了摇头：“这里没有跳伞服，而且才几十米的高度，就算有跳伞服也来不及打开。”

特蕾娅的眉头紧紧皱成一团，心里百般不情愿。莱茵奥特刚要拉着她往下跳，特蕾娅急忙举手喊停：“等等！先让我有个思想准备，你数一二三，数到三的时候我们再跳！”

眼看着火车就要开过去了，莱茵奥特心里暗暗着急，但他还是露出一副很有耐心的笑容：“好吧，我要开始数了……三！”莱茵奥特勾着嘴角淡淡一笑，出人意料地喊了声“三”，拉着特蕾娅跳了下去。

“哇！”特蕾娅发出一声惊恐的尖叫。咘咘也扯着喉咙一起尖叫。凛冽的风如刀子般从每个人脸上划过，失重感刺激着全身每一处神经，大家的心率也史无前例地快……

离地面还有几米的距离时，莱茵奥特用魔法棒向下一指，“轰”的一声，魔法棒爆发出的巨大气流减缓了他们下降的速度。等特蕾娅缓过神来的时候，两人已平安着陆。特蕾娅心有余悸地抬起头，发现两条腿软得几乎快要站不住了。早已吓僵的咘咘从主人肩头骨碌碌跌落下去，幸好被莱茵奥特及时接住，咘咘挣扎了几次好不容易才颤颤巍巍地站起来。此刻，他们正站在瀑布口侧面的峭壁边缘，不远处巨大的水流以银河倾倒之势从断崖直泻千里，形成了气势磅礴的大瀑布，看上去犹如挂满千万条素练一般，场面极其壮观。巨大的水流声震耳欲聋，从这里发出的轰鸣声几乎能传到数里之外。即使特蕾娅站在高崖之上，也能清楚地感受到瀑布飞溅时弥漫起的冰凉水汽。

“你们两个还好吧？”维维亚娜气喘吁吁的声音从两人身后传来。特蕾娅转过头，看见维维亚娜领着其他人刚刚赶过来。布雷似乎吓得不轻，有气无力地趴在帕特罗特的背上，连说话的精神头儿都没有了。

“我们为什么要来这儿？界门在哪里？”特蕾娅喘息地问。

维维亚娜耸了耸肩：“我也搞不懂，这个就要问莱茵奥特了。”

“界门就在瀑布的正下方，我两次经过这儿，我带着这小子先过，你们跟着我！”帕特罗特背着布雷纵身跳了下去。

“我送你们下去，快到水面时念‘魔多魔伦’，自然就穿过界门了。”莱茵奥特说道。

维维亚娜和她的骑士依次跳了下去，在莱茵奥特的帮助下顺利穿过了界门。轮到特蕾娅向下急坠时，由于紧张，她忘记了穿越界门的咒语，眼看着水面迎面扑来，她顿时慌了神，匆匆喊了一声：“魔多魔罗。”

特蕾娅吓得紧闭双眼，谁知，预备坠河的她并没有落入冰凉的河水中，而是“扑通”摔倒在了草丛中。

“哎哟！”她叫了一声，睁开眼。当看清眼前的情形时，特蕾娅眼睛都直了，顾不得揉摔疼的屁股，一骨碌从地上坐起来。妈呀！这是什么地方？特蕾娅屏息看着陌生的世界，心里“咯噔”一下，隐隐感觉事情有些不对劲儿。

糟糕，她念错咒语了！这里不是她要去的魔法大陆，这儿到底是什么鬼地方？

第六章

黑魔头的巢穴

只见偌大的圆形洞穴中央燃着一堆熊熊篝火，石壁上布满了大大小小的洞口……那些洞窟之间，一张张青色的面具点缀其间，每张面具表情各异，形象逼真。

穿过界门的特蕾娅惊讶地发现这个地方跟她想象中的样子相去甚远。莱茵奥特曾说过，塞尔西亚国是个非常美丽的国度，有着人类世界所没有的洁净天地，可特蕾娅眼前看到的景象却与之截然相反。耀眼的阳光、激流的瀑布全没有，目力所及之处都昏暗不清。周围的植物就像浇灌了魔女的生长药水，长得异常高大，那些不知名的古树和长相怪异的巨型植物伸展着繁密的枝丫将夜空割裂成狰狞的碎片，黑压压的，遮天蔽日。四周疯长的杂草丛中盛开着许多日轮状的大红花，颜色红得仿佛要滴出血来，在暗夜的衬托下，活像一只只野兽张开的血盆大嘴。恐怖的密林，怪异的红色魔花，还有空气中到处弥漫的浓浓黑雾，这种情形让人有种说不出的恐慌与压抑。

特蕾娅顿时觉得身体发冷，身上的鸡皮疙瘩层出不穷。

“主人，这个地方好可怕啊，一点儿也不像咘咘熟悉的塞尔西亚国。”咘咘意外地睁大双眼，在特蕾娅耳畔低语。

特蕾娅举目四望，眼神中尽是茫然无措。一阵夜风吹过，四周响起了“沙沙”的草动声。暗淡的夜色下，那一团团一片片不停摇晃的灌木丛生出无数的暗影，看上去活像一只只隐蔽在暗处的怪物在伺机而动，等着捕捉送上门的猎物好大快朵颐一番。特蕾娅张望了半天，依然没有任何收获，隐约感觉事情似乎在哪儿出了差错，想到此她的一颗心瞬间沉了下去。

“维维亚娜，帕特罗特先生，你们在哪儿？”陌生的环境让特蕾娅极度害怕，她小声呼唤着同伴们的名字。喊了一会儿，却听不到任何回应，特蕾娅这下慌了神。怎么搞的？他们不在这里吗？难道她跟其他人去的不是同一个地方，他们走散了？会不会是她念错了咒语，来错了地方，这里并不是她要去的塞尔西亚国？要是那样的话就麻烦了！

“沙沙……沙沙……嗒嗒……”风吹草动声中夹杂着一阵可疑的响动，引起了特蕾娅的警觉。那是什么声音？听起来很像脚步声，特蕾娅顿时紧张起来，竖着耳朵屏息倾听。果然，可疑的脚步声越来越清晰，似乎朝着这边过来了。

只见迷雾重重中，几道影影绰绰的人影在浓密的灌木丛间晃动穿行，细碎的声音随着阵阵吹过的夜风断断续续地飘进了特蕾娅的耳朵：“我好像闻到了……人的气味……这里很久都没有……人来了……让我们饱餐一顿……”

“我好像也听到……人的呼喊声……谁会来这种地方……都饿了好久了，要不是黑魔头有严令……我早就想出去抓几只猎物回来打打牙祭了！”不远处传来两个含糊的声音。

“有情况，主人！”咘咘的尖耳倏地竖起来，警惕地朝发声处望去。特蕾娅一听，顿时神经紧绷，飞快地躲到古树后面藏了起来。

不久，三个黑漆漆的、身形魁梧壮硕的人从灌木丛中走了出来。当特蕾娅看清走近的那几个人的相貌时，顿时吓得瞠目结舌。天哪！这是什么啊？出现的那几个“人”竟然是兽头人身的怪物！他们穿着破旧的衣服，四肢粗壮，肩头长着一颗比动物还丑陋的巨型脑袋，有的像驴，有的像短毛狮子，有的像虎。笨重的脑袋随着走动的节奏不停地向前点着头，凹陷的眼窝里一对浑浊的眼珠子，不太灵活地转动着。最骇人的是他们嘴边还沾着猩红色的血迹，好像刚刚享受完猎物，露在外面的白森森的獠牙，锋利得仿佛能咬断碗口粗的树干。

长着狮头的怪物一边走一边在周围的树叶上嗅着什么。长着虎头的怪物咧了咧嘴，坚硬粗糙的皮肤全都皱巴巴地挤到一起，口中发出令人胆寒的声音：“生人的气息……就在这里……快找……别放跑他！”

妈呀！不能被他们发现！她可不想领教那些怪物的牙齿有多锋利！特蕾娅心跳如鼓，感觉心都快从嗓子眼儿里跳出来了。那几个兽头人身的怪物循着生人的气息朝特蕾娅躲藏处走来，越来越近，特蕾娅想逃离此地，可已经来不及了，那几个怪物兵分三路朝这边包围过来。特蕾娅赶紧从背包里掏出隐形衣匆匆穿到身上，紧贴着树干大气都不敢出。刚穿好隐形衣，狮头怪物就从树后面绕了过来，特蕾娅屏住呼吸，手足冰冷地僵在了原地……而那三个怪物或举着狼牙棒，或握着削尖的骨头，或抄着石块，像是经验老练的猎人般慢慢地包抄过来。

一向自诩天不怕地不怕的特蕾娅这次尝到了害怕的滋

味，她浑身哆嗦个不停，目光一刻也不敢离开逼近的怪物，生怕他们会突然扑上来。

“我感觉到他就在这里……多么新鲜的生人气味……我已经好久都没有闻过这样的味道了！”狮头怪物贪婪地嗅着空气中的气息，享受般地闭上眼睛，一点点逼近特蕾娅。

虎头怪物挥舞着手中的狼牙棒打向古树旁的灌木丛，很不耐烦地咆哮：“该死，一定就在这里！我已经迫不及待地想要吃掉他了！”

“快点儿找出他……不然……一会儿会有更多的人找过来……猎物就不是我们的了！”驴头怪物着急地跺着脚，连声催促同伴。

三个怪物围着特蕾娅反复地嗅，三张丑陋的面孔几乎快贴到特蕾娅脸上了。特蕾娅差点儿被他们嘴里喷出的恶息熏得背过气去，她用手紧紧捂着口鼻，满脸惊恐地看着他们在自己脸上嗅来嗅去，额头冷汗直冒。

这时，三个怪物身后的灌木丛突然晃动起来，紧接着，里面传出窸窸窣窣的声响。特蕾娅的视线越过三个怪物朝对面看去，眼睛骤然睁大。糟糕，又有几只体形庞大的怪物陆续从灌木丛里缓缓走了出来，天哪，这儿……究竟是什么地方啊！特蕾娅怕得要死，全身筛糠般抖个不停，一颗心紧紧揪了起来。

那三个怪物听到身后的动静，转过身去。对面的怪物们一看到他们，眼中立刻放射出逼人的凶光，就像看到了仇家似的，二话不说就冲了上来。三个怪物也不甘示弱，很快与后来的一拨怪物粗暴地扭打在一起。一时间场面变得混乱无比，山林里不时地传来惊心的怒吼声。

快要窒息的特蕾娅终于有了喘息的空当，趁怪物们陷入激烈的缠斗，拔腿就逃。特蕾娅慌不择路地在昏暗的山林中奔逃，跑着跑着，特蕾娅突然听到两侧的杂草丛中传来新的动静，似乎有什么东西一直在追逐着她的脚步。惊慌的特蕾娅正要回头看，一不留神，被露出地面的树根绊了一下，“哎哟！”她惊叫一声朝前扑了出去，重重地摔到地上。

“嗖嗖嗖！”一群尖嘴恐龙状的生物接连不断地从草丛中跳了出来，停在了特蕾娅面前，其中一只嘴里还叼着一块血淋淋的肉。这些尖嘴生物困惑地东张西望，似乎在寻找目标。

特蕾娅这下明白了，这里的食肉怪物对生人的气味极其敏感，正是她身上的气味引来了黑暗世界里的各种食肉怪物。这些怪物仿佛饿了很多天，一直在她身后穷追不舍。要不是身上穿着隐形衣，她早就被这些食肉怪物啃得只剩一堆白骨了。

特蕾娅以手撑地，轻手轻脚地支撑起身体准备偷偷离开这儿，谁知，她刚转身，一只尖嘴怪物突然跳过来，正好拦住了她的去路。它好像能看到她似的，一步又一步地向前逼近。

怎么回事？莫非这家伙有透视眼？特蕾娅的心倏地提到了嗓子眼儿，戒备地盯着这只尖嘴生物，心里暗暗惊叫，完蛋了，要是它一声呼喊，后面的追兵就会一拥而上，遭遇前后夹击的她就真的无路可逃了！

“完蛋了，这家伙不会要拿主人和咘咘开荤吧！”咘咘害怕地睁大眼睛，颤声低叫。

特蕾娅全身僵硬地立在原地，不敢发出半点儿声音。“咔嗒咔嗒”，那只尖嘴生物张开嘴巴对着空气左咬一口，右咬一口，似乎在用这个方式寻找目标。特蕾娅心中一喜，原来它没有发现她！这时，咘咘突然激动地在她耳畔低语：“主人！前面有灯光！我们可以找人求救！”

特蕾娅放眼四周，果然看见不远处有许多洞口透着微弱的光亮，在暗夜中，犹如发着光的巨大蜂巢！莫非是附近的住户？特蕾娅心中燃起了希望，与其呼救不如自救！她目测了一下距离，深呼一口气，朝着那个方向撒腿狂奔。

为了给自己赢得一线生机，特蕾娅使出了百米冲刺的速度。她一刻也不敢停，因为她知道，那群尖嘴生物正在后面争先恐后地追逐着她的脚步，只要稍一停留，它们就会蜂拥而上，那时等待她的只有死路一条。

五十米，三十米，二十米……离那个透着光的山洞越来越近，特蕾娅一口气狂奔到了洞口光亮处，刚冲进洞口就脚软得瘫倒在了地上。那群尖嘴怪物追到附近好像对什么有所忌惮似的，纷纷刹住了脚步，它们百般不舍地在附近兜转了一会儿，渐渐各自散去，消失在茫茫夜色之中。

太好了，终于得救了！放松下来的特蕾娅无力地靠着墙壁喘着粗气，只觉得鼻腔酸酸的，眼底泛起了一层浅浅的泪花。没想到穿过界门，面对的竟是这种可怕的局面。没有同伴，没有食物，连自己在什么地方都不清楚，更不知道接下来又要面对什么样的可怕危险。就在特蕾娅为自己沦落到这种境地而感到茫然无措的时候，一阵细碎的交谈声飘进了她的耳朵。

“大人，从塞尔西亚国传来的最新消息，塔拉公主正在为去世的叶塞尼娅女王举行国葬，为了阻止那个人类公主回国，乌衣社全体骑士悉数前往人类世界进行拦截，如今最大的劲敌已经被控制住了。看来塔拉公主很快就是塞尔西亚国的新女王了，您的计划就要实现了！”一个苍老的声音沙哑地说道，语气中透着难掩的兴奋与激动。

咦？这个声音怎么这么耳熟？特蕾娅正感到奇怪，耳边响起咘咘惊慌的低语：“主人，咘咘闻到了黑巫师的气息，这里太危险了！快离开这儿！”特蕾娅听到谈论的是母国的事，壮起胆子，循着声音往昏暗的洞穴深处摸过去。咘咘急忙低叫：“主人，不可以过去，黑巫师会发现主人的！”

“嘘，别说话，我要听听他们在说什么！”特蕾娅竖起一根手指示意，贴着墙壁蹑手蹑脚地往通道深处走去。

洞穴深处传来另一个低沉的声音：“别高兴得太早，塔拉还没有找到传国权印，负责保管王冠的老头子也迟迟没有向她效忠，能不能如期举行加冕大典还是未知数。”

“大人尽管放心，虽然塔拉公主固执地拒绝了我们的提议，但我还有第二计划，莫哈已经开始执行，现在万事俱备，只欠东风了。只要雷奥纳多成功拿到王冠，塔拉公主就能为我所用了，呵呵呵！擎鸦在这里预祝大人旗开得胜，马到功成！”那个苍老而沙哑的声音低低地笑起来。

是擎鸦！特蕾娅猛地记起了这个声音的主人，那个黑魔头身边最阴险最恶毒的黑巫师！没想到她竟然在这里！

特蕾娅曾经几次与擎鸦交手，深知擎鸦的厉害，一听她在这里，她的心怦怦狂跳，下意识地想离开，但与擎鸦对话之人勾起了她强烈的好奇心。听擎鸦的口气似乎对那人格外小心和恭敬，一向野心勃勃、目中无人的擎鸭居然会低声下气地讨好别人，不知道她口中的大人又是谁？在好奇心的驱使下，特蕾娅壮起胆子再次一点点摸索着向前，到了路的尽头，一间偌大的洞穴豁然出现在她的眼前。特蕾娅一看到里面的情形，吓得立刻缩回身子，于是重新小心地探出头向里张望。

只见偌大的圆形洞穴中央燃着一堆熊熊篝火，石壁上布满了大大小小的洞口，她所待的洞口就是其中之一，难怪之前她看到许多发着光的洞口，原来这里都是相通的。那些洞窟之间，一张张青色的面具点缀其间，每张面具表情各异，形象逼真。正前方的墙壁上刻着一面巨大的图腾，就在那面图腾所在的高台上有个支架，支架的中心翻腾着一团墨黑的浓雾，黑雾的中心隐现出一双泛着红血丝的恐怖大眼，令人惊骇的是，那双眼睛竟然在骨碌碌地转动。那分明是一双活生生的眼睛！

特蕾娅简直不敢相信自己的眼睛，全身的汗毛直立。她似乎能看见那瞳仁正隐隐闪烁着嗜血的光芒。

披着黑斗篷的擎鸦缩着脖子，战战兢兢地站在那双恐怖的大眼面前，满脸殷勤地笑着。不知怎么，伏在特蕾娅肩头的咘咘头也不敢抬地瑟瑟发抖，连说话的勇气都没有了。特蕾娅轻轻抚摸着吓破胆的咘咘，屏息听着里面的对话。

“如果莫哈再失败，你知道该怎么做吗？”那双恐怖大眼冷冷说道。

“是，那她就再也没有资格继续活在这个世界上，放心吧，大人，您忠诚的奴仆会亲自送她上路！”擎鸦把手按在胸口，像个卑微的仆人般向“大眼睛”行礼。

什么？奴仆？特蕾娅脸上露出无比震惊的表情，那双恐怖的大眼睛竟然就是黑巫师们的主人，统治黑暗力量的邪恶霸主黑魔头！妈呀！她怎么稀里糊涂来到了黑魔头的巢穴，这么可怕的地方？

寂静的通道里响起了特蕾娅粗重的喘息和吞咽口水的声音。咘咘更是吓得双眼圆瞪，口齿不清地哆嗦道：“完蛋了……这回咘、咘咘……要、要跟主人……死翘翘了……”

“等等，这里有人！我好像听到了说话声！”黑魔头那双骇人的大眼灵活地转动着，突然死死盯在了特蕾娅的藏身处。

特蕾娅猛地缩回头紧贴着石壁，心脏剧烈跳动！坏了，被发现了！这时，持续不断的说话声消失了，整个洞穴笼罩在一种死亡般的寂静中。特蕾娅仿佛感觉到那双眼睛正透过墙壁牢牢盯着自己，一时间，全身冰冷无比，有种坠入极地冰层的感觉，就连空气都仿佛冻结成块，令人无法呼吸。

毫无征兆地，骑着扫把的擎鸦倏地出现在特蕾娅旁边的洞口处……

第七章

恐怖的半兽人

她举起拐杖朝这边一指，恶狠狠地嘶吼：“在那儿！半兽人，给我抓住他！”话音一落，附近的灌木和杂草丛纷纷剧烈晃动，一下子涌现出许多半兽人，争先恐后地朝这边包围过来。

特蕾娅被擎鸦的骤然出现吓得惊跳起来，一把捂住了差点儿叫出声的嘴巴。

“奇怪，怎么会没人？我分明听到了人类的呼吸声。”擎鸦狐疑地自言自语，不放心地挥着藤制拐杖朝洞内探来。特蕾娅一边躲闪着袭来的拐杖，一边向后倒退，退了几步，转身撒丫子就跑。

“是谁！是谁胆敢闯入我的禁地！快把他给我找出来！”黑魔头愤怒的咆哮声从通道深处传来，绵延的余音在幽暗的洞穴内回荡着，时时刻刻拨动着特蕾娅紧绷的心弦。

“快跑，快跑啊！”咘咘尖细的嗓音在特蕾娅耳畔惊叫，她慌不择路地在乌漆墨黑的通道里奔逃，分不清方向，也看不到出口，只知道一刻不停地逃，生怕慢一步就被尾随而来的黑巫师抓住。特蕾娅一口气冲到通道尽头，迎接她的竟然是一堵厚实坚硬的石壁，幸好旁边有道向上的楼梯，她转身冲上去。特蕾娅一向有飞毛腿的美称，谁知现在，两条腿像灌了铅般沉重，小腿肚子还很不合时宜地一阵阵抽筋，严重影响了她的速度。眼前的楼梯在她看来，似乎永远也跑不完似的。

“我知道你在这里……你跑不掉了……我很快就会抓到你……”黑暗中，擎鸦独特的沙哑嗓音从后面惊悚地飘来，就像总也甩不掉的噩梦，让特蕾娅越发紧张。好不容易跑到台阶尽头，前方终于出现了一个洞口，特蕾娅加快脚步冲了出去——外面是宽宽的平台，除了光秃秃的石壁之外，对面全被浓密的树冠遮掩住，完全看不到外面的情形。

“怎么办？主人，没路了！”咘咘惊慌地尖叫。

特蕾娅喘息地看向身后的洞口，擎鸦还没有追上来，无论如何也不能落在黑巫师手中！她转头看向面前的树冠，眼中露出了坚定的目光。拼了！她一咬牙，毅然朝树冠跃去。幸好这里的树木长得异常高大，树枝粗得几乎可以当跑道了。特蕾娅在树枝间奔跑、跳跃，没一会儿就与平台拉开了一段距离。

“主人，快看那边！”咘咘突然叫了一声。特蕾娅气喘吁吁地刹住脚步，顺着咘咘的视线望去。刚离开的平台上多了一道人影，正是追赶她的擎鸦！她挥舞着手中的藤制拐杖大声呼喊着什么，偶尔有只言片语伴随着夜风传了过来。“半兽人……抓住入侵者……掘地三尺……也要给我抓住！”

“啪”！特蕾娅踩着的树枝突然断裂，顿失平衡的她一下子从树上跌落下去。“啊——”一人一猫齐声尖叫，特蕾娅一连砸断了数根树枝，笔直地向地面坠去……惊叫声未断，急剧的下坠突然停止了。惊魂未定的特蕾娅感觉脑袋晕乎乎的，好半天才回过神来，她抬头朝上方看去，发现一根斜伸的粗树枝勾住了隐形衣，自己被吊在了半空中。

咘咘紧紧抓着特蕾娅的衣角，如秋风中的落叶荡来荡去，晕头转向地喘息：“主人，你还好……哇！”话才说了一半，被爪子勾住的衣角“刺啦”一声裂了，咘咘一下子掉了下去。特蕾娅眼疾手快，及时伸手接住了险些失足的咘咘。“谢天谢地，咘咘还活着，是主人救了咘咘！”

可惜，特蕾娅的危险还没有过去。这边的动静很快引起了擎鸦的警觉，她举起拐杖朝这边一指，恶狠狠地嘶吼：“在那儿！半兽人，给我抓住他！”话音一落，附近的灌木和杂草丛纷纷剧烈晃动，一下子涌现出许多半兽人，争先恐后地朝这边包围过来。看着半兽人蜂拥地朝这边赶来，特蕾娅感觉自己就像陷入一场恐怖惊悚的噩梦，偏偏又无法醒来。

在半兽人快要逼近之际，特蕾娅深感绝望的时刻，幸运的事情出现了，那些半兽人没有发现吊在树上的她，一股脑儿地从树下跑了过去。等他们走远后，特蕾娅在树丫上荡了几下，使劲向下一挣，终于摆脱了隐形衣，“咚”地摔进树下的灌木丛中。当身体与地面接触的那一刻，特蕾娅意外发现地面居然是软的，还有些弹性。太好了，总算逃过一劫！特蕾娅庆幸地抹了把额头的冷汗，长舒一口气。

特蕾娅正要爬起来，手无意间摸到一个毛茸茸的物体。这是什么东西？她好奇地按了按，发现这个物体还有温度！特蕾娅的心又一下子提了起来，声音也抖了起来：“咘咘？是你吗？”

“主、主人……”咘咘的声音从头顶上方传来。咘咘骑在挂着隐形衣的树梢顶端，惊骇地瞪大眼睛，一副见了鬼似的表情。特蕾娅的心顿时凉了半截，既然不是咘咘，那她摸到的是……特蕾娅转动着僵硬的脖子往身下一看，昏暗的光线下，一对深褐色的兽目正阴沉沉地瞪视着她。

“啊！”特蕾娅像触电似的从它身上跳了下来，一下子与那个毛茸茸的物体拉开了几步距离，她僵直着身体，胆战心惊地盯着那团不明物体，一股寒意自脚底板升起，电流般地蹿上后背。

四周昏暗一片，笼罩大地的浓雾在夜风中一点一点消散，丝丝缕缕地飘浮在草丛上空。那团毛茸茸的东西缓缓动了起来，它慢慢地抬起了头，然后摇晃着身体站了起来，身形越来越大，越来越高——一只身形魁梧的半兽人赫然出现在特蕾娅面前！

什、什么？特蕾娅惊恐地看着面前的半兽人，大脑出现瞬间的空白。在夜色的映衬下，狮头人身的半兽人面目狰狞地露出一口黄黑色的利齿，深褐色的兽目骨碌碌地转动，透着骇人的凶光，口水从齿缝间不停地向外流淌……

特蕾娅的后背升起一股寒意，小腿肚一阵阵抽动，声音也抖了起来：“怎、怎么这、这儿还藏着一只半兽人！”

“所有半兽人搜索附近一带，找到他！我要活捉这个入侵者！”黑暗中传来擎鸦愤怒的嘶吼，她骑着扫把风一般朝这边俯冲而来。

半兽人像是得到了某种指令，喉咙里发出一声压抑的低吼，张开双臂朝她飞扑过来。特蕾娅大惊，向后急闪，一屁股跌坐在草丛中。咘咘见情势危急，一口咬住隐形衣从树梢上飞跃而下，隐形衣随风散开罩在了特蕾娅的身上。瞬间，特蕾娅的身影从半兽人眼前消失了。收势不及的半兽人撞到了树，跌倒在地上。

就在这时，不可思议的一幕发生了——垂挂在树上的几根青绿色的藤蔓动了动，好像有了生命力般悄无声息地慢慢伸展开，灵活地缠绕住了半兽人的脚踝。紧接着，其他的藤蔓也灵活地伸展，一根接一根地缠上了半兽人的腰部和手臂。半兽人还来不及爬起，藤蔓猛地收紧，将他拖到了半空中。

半兽人愤怒地低吼，拼命挣扎，但无济于事。他越挣扎，藤蔓反而缠得越紧，坚实的藤蔓如钢丝般深深勒进了半兽人的皮肤里。半兽人痛苦地仰天长啸，气息越来越微弱。

“天哪，这到底是什么鬼东西？”看到这些藤蔓有如此大的杀伤力，特蕾娅害怕得低喘，向后倒退。突然脚腕一紧，身体被猛地绊倒在地。不好，她也被藤蔓缠住了！特蕾娅飞快从腰间拔出魔法棒，冲着脚踝间的藤蔓一指，“赫赫巴斯，去！”青绿色的藤蔓“啪”的一声断开，断开后的藤蔓如游蛇般在地上扭动着，不一会儿，又缓缓蜷缩回去，静止如初。

恰在此时，擎鸦骑着扫把闻风而至，在空中俯视着被藤蔓困住的半兽人和满地的狼藉。正要起身的特蕾娅像被定住似的，依然保持着摔倒时的姿势，生怕发出动静被警觉的黑巫师发现。擎鸦的视线几次从特蕾娅身上扫过，却都因特蕾娅罩着隐形衣而没有看见，她气急败坏地咒骂一句：“可恶，就算掘地三尺，我也要把你揪出来！”说完，“嗖”地朝前方飞去。

特蕾娅终于放松下来，向后拨开隐形衣的帽兜，摇晃着身体从地上爬起来，无力地喘道："不行，我得想办法离开这个鬼地方！一刻也不想留在这儿！"

"这里就像暗无天日的地狱，我们能逃出去吗？"几番生死逃亡的经历让热爱冒险的咘咘尝到了死亡的滋味，它有些悲观地低下了头。

特蕾娅茫然无措地四下张望，始终找不到原来走过的路。她被彻底困在了这个黑暗世界！前路渺茫，但她仍然用力吸了下发酸的鼻子，打起精神，冲咘咘露出鼓励的笑："别怕，我们一定能从这里出去！"

特蕾娅拖着疲倦的身体，领着咘咘在危机四伏的陌生山林中摸索着穿行，她不但要提防随时可能冒出来的半兽人，还要时刻小心那些垂挂在树枝上的青绿色藤蔓。饥饿、疲倦和陌生世界的重重危机，分分秒秒摧残着特蕾娅脆弱的神经。恐怖的红色大眼、蜂巢般的洞穴、神出鬼没的半兽人以及随时能要人命的藤蔓，让这里变成了令人恐惧的地狱。

特蕾娅累极了，脚步踉跄不稳，但她仍咬牙坚持着前行。丝丝缕缕的夜雾中飘浮着一股奇怪的香味，妖娆甜美，令人闻了还想再闻。渐渐地，特蕾娅感到脑袋昏沉沉的，她勉强睁开眼睛，向四周眺望，意外地发现不知何时来到了一片花海。这里的藤蔓长得异常旺盛，青绿色的藤蔓铺天盖地将枝叶繁茂的古树围得严严实实，一根根长长的藤条从树上垂下来，如魔鬼的触手般将附近的灌木丛紧紧缠住。就在那些枝叶间盛开着一朵朵硕大的血红花朵，在暗夜的衬托下，显得异常鲜艳，让特蕾娅有种很不舒服的感觉。

“好奇特的花啊，我第一次看见花在深夜里开放呢！”特蕾娅好奇地说。

“我听别人说过地狱里有一种奇花，红艳如血，只生长在黑暗无光的地方，魔法大陆的人都称它为黑暗之花。没想到会在这里看到！”咘咘心惊地倒吸着冷气，给特蕾娅介绍血红花朵的来历。

“突然觉得好累，让我先躺下休息会儿！”特蕾娅喃喃自语着，身形一晃，“扑通”栽进了花海里。

“主人！”咘咘发出一声惊叫，飞快地扑到特蕾娅身上连声叫唤。

血红大花的茎叶上长满了锋利的尖刺，特蕾娅倒下去的时候，裸露在外面的皮肤被尖刺划伤，脸、脖子和手臂上留下了许多大大小小的划痕。听到咘咘的呼唤，特蕾娅勉强撑开眼皮，虚弱地低语：“我实在走不动了，就在这里睡上一觉吧……好困！”

“主人，不能睡啊，这些魔花的香气有麻醉的作用，一旦睡着就再也醒不过来了！”咘咘拍打着主人的脸，焦急地叫道。

特蕾娅挣扎着用手撑着地面试图从地上爬起来。谁知手臂软软的竟然使不出半点儿力气，体内的力气像是被一点点抽空，现在她连爬起来的力气都没有了。

“不，我做不到，我实在爬不起来了。”特蕾娅虚弱地摇了摇头，自语般地喃喃说道，“你看，这里好美啊，就算死在这里也值了，是不是？”

“不可以，主人不能躺在这里呀！”特蕾娅的状况让咘咘心里暗暗着急。

“啪”！就在这时，黑暗中响起一声清脆的断裂声，听起来像是一脚踏断花茎的声音。什么？咘咘警觉地回头看去，眼前的情形令它惊恐地睁大双眼，跳到特蕾娅耳边大喊：“主人，快起来！有危险！”

特蕾娅睁开沉重的眼皮，吃力地撑起上半身，抬头看去，下一刻，脸色顿变。是半兽人！几个半兽人呜里哇啦地说着含糊不清的话，摇晃着身体朝这边过来了！咘咘吓得全身毛发直竖，“嗖”地钻进主人身后的背包里，只敢露出一双眼睛。特蕾娅想从地上爬起来，可是身体就像不是自己的一样不听使唤，尝试了半天竟然无法爬起来。看着瘫成一摊烂泥的主人，咘咘眼中流露出绝望的神色。

“看来是逃不掉了……但也不能便宜了他们……”特蕾娅吃力地从腰间抽出魔法棒，颤巍巍地朝着脚步声过来的方向指去，随时准备给冲上来的半兽人来个迎头痛击。突然间，一双冰凉有力的手猛地抓住了特蕾娅的脚踝！特蕾娅骇然大惊，偏偏这时，另两名半兽人从草丛中现身，他们磨着牙齿虎视眈眈地盯着特蕾娅，眼中迸射出贪婪的光，完全将特蕾娅看成了快要到嘴边的一块肥肉。特蕾娅的后背升起一股寒意，紧握着魔法棒朝面前的半兽人指去，急声大喊：“赫赫巴斯，去！”

魔法棒一端冒出耀眼的光芒，一道耀眼的冲击波瞬间击中了两名半兽人，半兽人向后摔倒在地。抓住特蕾娅脚踝的半兽人怒吼着扑到特蕾娅身上，露出一口利齿。完蛋了！这下她死定了！特蕾娅全身都在颤抖，脸上露出极度恐惧的表情，她想尖叫，但是张了张嘴却无法发出声音。半兽人猛地低下头咬向特蕾娅的脖子——

特蕾娅从没想过自己会离死神这样近！随着一股带着热气的恶臭扑面而来，一阵刺痛从脖子处传来，半兽人一口咬住了她的脖子，牙齿刺破了她的皮肤。看着主人就要被半兽人一口咬死，咘咘急得眼睛泛红，不顾一切地朝半兽人飞扑过去，扬起利爪照着半兽人深褐色的兽目狠狠地一抓。半兽人烦躁地反手一抡，一把将咘咘拍到地上，疼得咘咘浑身不停地颤抖。

生死关头，不可思议的事情出现了！

“轰——”特蕾娅身上突然爆发出一股巨大的能量波，耀眼的火光顷刻间将黑暗世界映得犹如白昼一般，滚滚气浪呈环形向四面八方扩散开去。所有的灌木丛和杂草都被气浪刮得向一边倒去，几乎贴到了地面，满天飞舞着数不清的断枝和草叶。刚刚赶到近前的半兽人也受气浪波及，一下子被掀飞，如断了线的风筝歪歪斜斜地摔出老远。一时间，天地之间犹如刮起了一股超级飓风，飓风所到之处，树木断裂，灌木丛被连根拔起，风力大得连半兽人都无法站起。

“主、主人……” 主人身上怎么会有如此强大的力量？咘咘的眼睛睁得溜圆，不敢相信这是真的。

但它却实实在在地发生了！

第八章

行走的烛火

她的周围，黑暗的杂草丛中接连不断地亮起一簇簇跳动的火焰，就像燃起的一根根蜡烛，然而那火光却是一种寒气森森的蓝莹莹的光。

就在特蕾娅命悬一线的危急关头，令人震惊的一幕发生了，她的身上爆发出一股巨大的能量波，如神光降临一般瞬间净化了一方天地，所有的危险都在这一刻消失殆尽。

就在奇迹发生的一分钟前，黑巫师擎鸦正领着一队半兽人在附近不远处搜索入侵者，当巨大的光源出现在黑暗世界一隅时，所有人都被惊动了，擎鸦震惊地望着光源的方向，脸上露出难以置信的表情，吸着冷气连声惊叫：“怎么会这样？这不可能！这种法术已经消失多年，很久没有人使用它了！那个入侵者到底是谁？到底是什么人？”

擎鸦感到莫名的惊慌，难道这个世界上还有比叶塞尼娅还厉害的人？那样的话，这个人将会成为她最强有力的对手！擎鸦猛地抬手朝那个方向一指，扭头转向周围的半兽人，怒不可遏地嘶吼：“所有半兽人，包围那个地方！”

从特蕾娅身上爆发出来的力量只持续了几秒钟，很快弱下去，刺目的光芒也随之消失，一切又恢复了平静。只有能量波在特蕾娅周围冲击出的超级大坑能证明，事情真实地发生过。

特蕾娅从昏迷中缓缓睁开眼，虚弱地低语："咘咘，我还活着？"

听到主人的声音，咘咘终于从震惊中回过神来，扑到主人身上着急地呼唤："主人，您醒了！咘咘不要离开主人！咘咘刚才伤心死了！"咘咘激动得热泪盈眶，用爪子揉着泛泪的眼睛。

特蕾娅脸上浮现出虚弱的笑："我第一次看见猫猫哭，原来你也会哭啊！"

"哎呀，发生大事了！主人快起来看看！"咘咘跳到特蕾娅身后，使出吃奶的力气推着主人后背，帮助她从地上坐起来。

特蕾娅艰难地撑起上半身，喘息地抬头看向四周，眼前的情形令她诧异地睁大了眼睛。

这、这是怎么回事？特蕾娅吃惊地发现，自己身边出现了一个超级大坑，像是遭遇到某种巨大能量波的冲击，灌木、杂草都被清理一空，三名半兽人倒在坑的边缘地带似乎晕了过去。再往四周看去，附近就像经历了一场飓风洗礼，目力所及之处一片凌乱，树枝折断，灌木连根拔起，那些黑暗之花踪迹全无……老天，什么样的冲击波能发出如此大的威力？特蕾娅忙低头看向自己，还好手臂腿脚健全，并没有受伤。

"主人，刚才发生了一件不得了的事！没想到主人好厉害啊！"咘咘好像想到什么，激动地连说带比画，将刚才发生的事情讲给主人听。

咘咘的话让特蕾娅半信半疑，指着自己的鼻子，不敢相信地问：“什么？你说这一切都是我造成的？这怎么可能？”特蕾娅不敢相信自己会有这么大的能力。她在圣露西亚公主学院受训的时候，成绩可是倒数第一的。特蕾娅仔细回忆之前的事，困惑地喃喃自语：“半兽人咬向我的时候，我感觉体内热得快要爆炸了，接着有股热浪包围了自己……后来，等热浪过去我这才觉得舒服很多，头也没那么晕了……难道，真是我造成的？可为什么我一点儿印象也没有？”

“主人，听说魔花的香气能蛊惑人的意志，致人意乱神迷，你是吸入了太多的香气才浑身酸软乏力的，现在魔花都消失了，香气减弱了，你也就恢复正常了。”咘咘为特蕾娅分析得头头是道，俨然一本活生生的百科全书。

特蕾娅抚摸着咘咘的毛发，眼中浮现出一丝感动：“谢谢你，咘咘，一直陪在我身边。”

“您是咘咘的主人，主人在哪儿咘咘就要在哪儿。”咘咘亲昵地钻到特蕾娅怀里，晃了晃小尾巴。

特蕾娅苦笑着摇了摇头，没什么信心地说：“可是，我这点儿能力能不能找到回去的路都不知道，也许我们会永远被困在这里。”

“嚓嚓嚓……”特蕾娅跟咘咘说话时，黑暗中传来一阵异响。渐渐地，声音越来越密集，越来越嘈杂，像是无数小甲虫密密麻麻地挤在一起爬动，在寂静的黑夜中显得尤为清晰。

“什么声音？”特蕾娅警觉地竖起耳朵倾听。咘咘转头看向四周，突然眼睛睁大，颤声惊叫：“啊！主人，你看那儿！”

特蕾娅顺着咘咘的视线看去，脸色顿变。她的周围，黑暗的杂草丛中接连不断地亮起一簇簇跳动的火焰，就像燃起的一根根蜡烛，然而那火光却是一种寒气森森的蓝莹莹的光。那些火焰时而聚成一团，时而分散开来，好像有生命似的在黑暗中飘来荡去，令人毛骨悚然。

“老天，那是什么东西？”特蕾娅紧张地看着那些活动着的蓝色火焰，屏息低语。

“嚓嚓……”令人发毛的声音蓦然在耳畔响起，特蕾娅循着声音低头一看，不禁吃了一惊。周围的土坑里不断钻出一种黑色的甲壳虫，它们一出土就灵活地在坑底四处爬动，不断拍动背部的壳状翼翅，那“嚓嚓”的响声就是从它们身上发出来的。

“噗噗！”接连两声，两只四处爬动的黑色甲壳虫背上瞬间亮起两簇妖异的蓝色火焰，不仅如此，其他黑色甲壳虫的背上也陆续燃起了火焰，活像一根根行走的蜡烛，放眼望去，周围到处游走着星星点点的蓝色火焰，给黑暗世界增添了一种说不出的诡异感。

“原来那些火苗就是这些甲壳虫！这里怎么会钻出这么多虫子？”看着黑色甲壳虫不断地从坑底向外钻出，特蕾娅吸着冷气惊叫。不一会儿，坑底已经密密麻麻地挤满了甲壳虫，还有些虫子正向坑的中间爬来，特蕾娅的头皮一阵发麻，总觉得身上像有无数蚂蚁在爬。

“咘咘听老人讲过，有一种幽冥火虫靠吸食魔花根叶里的养分为生，常年生活在黑暗的地下。它们一旦钻出土层，背部就会因接触空气而自燃，直到肚子里的油脂全部燃尽。那些黑巫师就是用这种方式来照明的。”咘咘全身肌肉紧绷，低声说道，“不过听说它们也吃肉，成百上千的幽冥火虫能在短短几分钟之内将一只羊啃得只剩下完整的骨头架子！现在主人被它们包围了，怎么办啊！”

特蕾娅摇晃着身子从地上站了起来，一手捂着受伤的脖子，一手抽出魔法棒对准虫群，念动咒语：“赫赫巴斯，去！”谁知，一连念了好几声，魔法棒都没反应，就像坏掉了似的。“完蛋了，这回我们真的无路可退了！恐怕只有等死了！”特蕾娅不知所措地看向黑压压的甲壳虫大军，心凉了半截。她惶惶不安，心想自己还没有回去送母亲一程就要葬身于此，甚至没有人知道她的下落，多么悲哀啊！

就在甲壳虫大军渐渐缩小包围圈时，意外地，一个焦急的声音响了起来：“特蕾娅公主！”

突如其来的喊声对于一脚已经踏入鬼门关的特蕾娅来说，宛如天籁。她急切地循声看去，只见一个熟悉的身影朝这边快步跑来。他不断地挥动着手中的魔法棒释放出一道道冲击波，从虫群中开出一条安全的通道。

特蕾娅的眼睛很快被泪水打湿，感动地唤出了他的名字："莱茵奥特！"

莱茵奥特奔到土坑边缘，挥动魔法棒甩出一道火焰，顷刻间，坑里燃起了熊熊大火。莱茵奥特纵身跃起，稳稳地落到了特蕾娅身边。

"特蕾娅公主，您受伤了？"莱茵奥特看到特蕾娅被血染红的脖子，吃了一惊，迅速挥了下魔法棒。

他们面前出现了一座黑色的浮桥，特蕾娅定睛细看，发现浮桥竟然是由一只只死去的甲壳虫构成的。莱茵奥特二话不说，迅速将特蕾娅的手臂搭在自己肩头，一手搂着她的腰，扶着她登上浮桥。刚走了没两步，山林里突然变得嘈杂起来。

"抓住他们！"

"抓住入侵者！"

灰暗的山林里现出许多影影绰绰的身影，似乎在朝这边赶来。特蕾娅面色惊变，一定是黑巫师擎鸦带领着那些半兽人追过来了！她紧张地抓着莱茵奥特的手臂催促："快走，擎鸦在这里！"

莱茵奥特戴上宽大的兜帽，抖开黑披风将特蕾娅包裹其中，低声安抚道："不用怕，我一定能带你出去！"

他的话音刚落，对面的空中出现了一扇发着光的门，对面传来帕特罗特的粗嗓门儿："快，我撑不了太久！"

莱茵奥特拉着特蕾娅朝那扇门奔去，几道冲击波从他们身边掠过，险象环生。距离逃生的界门只剩几步时，莱茵奥特一把抱起特蕾娅纵身一跳，顺利地从那扇发光的门里跳了出去。特蕾娅只觉得眼前一花，眼睛被耀眼的阳光照得无法睁开，等眼睛适应光线后她才看清了周围——眼前不再是昏暗可怕的黑暗世界，而是阳光明媚的人间仙境。

“特蕾娅！太好了，莱茵奥特真的找到你了！”布雷惊喜地叫起来。看到特蕾娅平安归来，大家欣喜地围住了她。

维维亚娜忍不住埋怨道：“特蕾娅，怎么穿个界门还玩失踪，害我们一通好找……等一下，你受伤了？”

当伙伴们看到特蕾娅脖子上的血和身上脏兮兮的衣服时，都吃了一惊，脸色全变了，不知道特蕾娅在那边经历了些什么，搞得如此狼狈。面对伙伴们的关心，特蕾娅一时有些恍惚，前一秒她还困在危险重重的黑暗世界生死难料，如今摆脱困境的她心头不免有种恍如隔世的感觉。维维亚娜忙从背包里掏出纱布和药水，一边动手帮特蕾娅包扎伤口，一边用老师般的口气数落道：“我真服你了，念个咒语都会念错。你要是用点儿心，我们也不用这么大费周折地四处找你了！”

特蕾娅扭头看向帕特罗特先生，发现他脸色蜡黄，手扶着膝盖气喘如牛，似乎累得不轻。

“帕特罗特先生，您还好吧？”莱茵奥特扶着特蕾娅走到帕特罗特面前。

帕特罗特直起腰，一把拉过布雷当拐杖支撑着自己，依然嘴硬自负地说："我腰板儿硬朗着呢，不过是很久没有使用这种古老的咒术，手法有些生疏了。"

"以人当媒介强行打开界门极耗体力，如今懂得这种古老咒术的人不多了，幸好帕特罗特先生还记得方法，我们才能顺利回到这里。帕特罗特先生恐怕要休养很长一段时间才能恢复体力了。"莱茵奥特向特蕾娅解释道。

特蕾娅感动地说："谢谢您，帕特罗特先生。"

"跟我一个老头子客气什么，要谢我的话就帮我把丢失的行李找回来，雷奥纳多那坏小子把我的行李抢走了。"帕特罗特不以为意地摆了摆手。

布雷耐不住性子，一把拉过特蕾娅好奇地追问那边的事："快说说，你到底跑到哪儿去了？你怎么会跟我们走散了？"

"唉，都怪我紧张，念错了咒语。"特蕾娅过意不去地叹了口气，向伙伴们讲起那边的经历，"我也不知道那儿是哪里。那里暗无天日，没有太阳也看不到月亮，到处都是黑乎乎的……"伙伴们都好奇地凝神细听。

"那里的植物长得特别旺盛，到处生长着会缠人的青绿色的藤蔓和一种血红色大花，我还是第一次看见这种在夜里开放的花呢。初到那里的时候，我被三个长着动物脑袋的半兽人发现，他们闻到我的气味就像饿了好多天的狼嗅到猎物似的。我吓得拔腿就逃，误打误撞地逃进一个奇怪的外形像蜂窝的山洞里。在那里我看见黑巫师鹫鸦跟一个奇怪的家伙在谈话，那个家伙全身被一团黑雾笼罩，只有一双赤红眼睛露在外面。那双眼睛充满邪恶，而且透着一股诡异的魔力，好像一旦跟它对上，它就能将你整个人看透似的。我本想躲在暗处偷听他们的谈话，谁知被他们发现。擎鸦带着那些半兽人对我围追堵截，我跑呀跑呀，不知不觉逃到一片花丛中，那里长着数不清的血红大花，空中浮动的暗香能让人神志不清，我越走越无力，最后一头栽进了花丛中。就在我意识涣散的时候，又有三个半兽人发现了我……"

"啊！"伙伴们异口同声地惊呼，都被特蕾娅讲述的可怕故事震慑住了。

"藤蔓……红花……半兽人……"帕特罗特的脸色越来越难看，沉声说道，"据我所知，黑魔头一直藏在某个黑暗的角落恢复元气，他生活的地方日月无光，瘴气弥漫，到处盛开着黑暗之花。听特蕾娅公主的描述，她很可能掉进了黑魔头的老巢！"

"就是统领黑巫师的那个大魔头？"维维亚娜话一出口，身后的骑士亚力克吃了一惊。

帕特罗特阴沉着脸点了点头："没人知道黑魔头的老巢具体在什么地方，因为进入黑暗世界的人没有一个能活着回来，如今特蕾娅公主能平安回来已是不幸中的万幸。"

布雷拍着胸脯长舒一口气，激动地叫起来："天哪，真是好险呀！特蕾娅还真是命大啊！"他转向特蕾娅连声追问，"快说说，你是怎么从那三个半兽人手中逃出来的？你脖子上的伤就是半兽人咬的吧？是莱茵奥特帮你脱的险吗？”

“咘咘知道，是主人体内的神力救了她！咘咘亲眼看见主人身上爆发出一股巨大神力，一下子把那些半兽人全掀飞了出去。那股气浪简直比十级飓风还厉害，地面都被冲击出了一个大坑！”咘咘抢先嚷嚷起来，然后手脚并用地比画着向大家描述当时的惊人情形。布雷吃惊地张大嘴巴，半天都合不拢。维维亚娜也半信半疑地看向特蕾娅，不相信这是真的。

听完咘咘的描述，莱茵奥特回忆了一下见到特蕾娅时的场景，点点头说道：“没错，我找到特蕾娅公主的时候，的确看见周围有个冲击出的巨坑。当时我还奇怪，什么样的力量能造成这样的效果。”

帕特罗特皱着眉头思索片刻，不敢相信地看向特蕾娅：“这不可能！那一招是顶级护身术，只有顶级魔法师才能达到那一境界，以我目前掌握的资料，整个魔法大陆还没有几人能达到这个水平。特蕾娅公主初次接触魔法，怎么可能施放出顶级的护身罩！”

“其实我也不知道是怎么回事，当时我被半兽人咬住了脖子，意识不清，我隐约记得体内很热，热得几乎快要爆炸。等我再次醒来时，发现身边已经出现了一个巨坑。所以，具体什么情况我也不清楚。”特蕾娅同样对此感到困惑不解。

维维亚娜用手指点了点特蕾娅的肩，极为不满地轻哼：

“老实交代，你是不是藏私了？从哪儿学会那么厉害的一招？”

特蕾娅捂着受伤的脖子吸了口气，皱着眉头苦笑：“拜托，我要是那么厉害，还能把自己搞得这么狼狈？要不是有莱茵奥特接应，我恐怕都不能活着回来。”

“哎呀，我们忽略了一个关键问题！黑魔头要是发现特蕾娅活着出来了，会不会派黑巫师追杀她呀？”布雷想到什么，紧张兮兮地打断了大家的谈话。

莱茵奥特忍着笑补充了一句：“我离开时撒下了一把火种，那把火种足以让那片山林烧上个三天三夜，他们现在恐怕无暇追击我们。”

“呜——”这时，空中传来一声低沉悠长的汽笛声，特蕾娅和伙伴们闻声抬头望向空中，眼前的情形令他们露出惊奇的表情。在他们头顶上空，一艘造型奇特的木船正鸣着汽笛缓缓驶来……

第九章

空中之城

空中悬浮着一块绿意葱茏形如松塔的小岛，一座由白金两色组成的庞大建筑气势恢宏地矗立在那座小岛上，和周围一些同风格的塔楼、神殿等建筑构成了一片完整的建筑群……

一艘会飞的船！伙伴们都被这艘从空中驶来的奇特又新颖的木船牢牢吸引住了目光。

这艘精美的木船从造型上看有点儿像古代的龙舟。高大的船身为红黄两色，有两层楼那么高，表面雕刻着精致繁复的花纹。船的两端分别是巨大的龙头和龙尾，形象逼真、栩栩如生，随着船身的前进而轻轻摆动。拼接成船身的每个木块，即使人站在地上都能清楚地看到它们活动的样子，整艘船犹如一条活生生的龙在游动。船身两侧向外伸出两排长长的木桨，随着船体的前行，那些木桨也有规律地摆动，仿佛鱼的侧鳍滑水一般优雅。船上敞着许多小窗，里面不断飘出人们的嬉笑声，看上去像是艘客船。

特蕾娅看着徐徐而来的木船，眼睛都直了，嘴巴张得几乎能塞进一颗鸡蛋。“老天，我没看错吧？那真是一艘木船？”

“会飞的木船……哇！魔法大陆真是太神奇了！”布雷惊得说不出话来，突然回过神来，忙不迭地从背包里掏出智能手机对着空中的木船连连按下快门。维维亚娜仰望着木船，似乎还没有回过神来。虽然维维亚娜比伙伴们经历的怪事多一些，但初次踏上魔法大陆的她一样感到大开眼界。喃喃着迷地望着巨型龙舟，心驰神往，恨不得马上跳到船上去撒欢。

帕特罗特先生呵呵笑了两声，开口解释道：“这是我们塞尔西亚国的客船，从它的外观和规模上来看，应该是拥有一级飞行执照的皇家客船。我们可以乘坐客船直达菲利亚皇城，这样就能赶在天黑前抵达目的地了。”

特蕾娅累得实在走不动了，脖子处的伤也在阵阵作痛，她不得不靠在莱茵奥特身上，用手掌在嘴边拢成喇叭状冲着空中的客船高喊：“喂，船主在不在？还能载客吗？我们要去菲利亚皇宫！”

“是在叫我吗？请叫我威武帅气的西奥多船主。”随着一声轻松的回应，有人将头探出船舷。圆圆的红色脸庞，修剪精致的八字胡，头上戴着一个形状如鸡冠的船长帽，帽檐边斜插着一根华丽丽的五彩鸡毛。他一边剔着牙，一边用戴着四枚黄金戒指的手晃了晃手中的酒瓶，冲着下面大声吆喝：“本船今日不载客了，你们等下一趟客船吧。”

“西奥多先生……”特蕾娅刚要说话。

“不、不！”船主竖起手指晃了晃，露出一口洁白的牙齿一本正经地更正，“是威武帅气的西奥多船主。”

“好吧，威武帅气的西奥多船主。拜托您载上我们吧，我们这里还有一位宫廷老臣呢！”特蕾娅特意搬出帕特罗特先生，好让船主通融通融。

不料，船主根本没把她的话放在眼中，他不以为意地瞥了下面一眼，拖长声音说道："你们是从外乡来的吧？以为搬出宫廷老臣就能唬人？这年头宫廷老臣跟天上的星星一样多得数不清，两个小时之前我还载了七名皇宫要员八名内阁老臣呢。所以你们还是省省吧，这种段子已经不新鲜了！"

"喂，你说话怎么这么不负责啊，难道我们还会骗你？"特蕾娅被船主无所谓的语气给激怒了，气呼呼地大叫。

"你这叫拒载知不知道，当心我们去告你！"布雷也在旁边帮腔。

"拒载？没错，我别的权力没有，但要不要载客人由我说了算！如果你们能交出一袋金币，或许我还可以考虑考虑，如何呀？"红脸船主晃了晃手中的酒瓶，醉眼迷离地咧嘴笑。

帕特罗特先生一听就气得跳起来，愤愤不平地咒骂："一袋金币！这个满脑子铜臭的家伙，真是认钱不认人，等我回去非好好教训他一顿不可！"

就在伙伴们以为上船无望，准备步行前进的时候，船主不知怎么突然改变了口气，积极地招呼道："各位，步行去菲利亚皇城可远着哪！谁叫我这么好心，还是送你们一程吧！"

伙伴们纳闷儿地相互交换目光，这位船主怎么突然善心大发了？

既然有船坐，为什么不选择省力的方法？于是伙伴们登上了船主抛下来的吊梯，缓缓升了上去。登上木船后，特蕾娅看见甲板上堆积着大包小包的货物，仅有的空地支着一张圆桌，旁边有个人全身都藏在厚厚的黑色斗篷里，低垂着头，悠然地喝着酒。船头处有位船员正举着望远镜向远方眺望，船尾处则有许多包厢，坐船的客商们都在包厢里休息。特蕾娅将目光转向西奥多船主，发现这位船主个头不高，长得像个矮冬瓜，既不威武也不帅气，偏偏将八字胡修剪得格外有型，这让他多了几分喜感。

“包厢都满了，只好委屈你们在甲板上坐着了。”西奥多船主拍着圆滚滚的啤酒肚，走到圆桌旁一屁股坐了下来。

帕特罗特不悦地瞪了船主一眼，用脚将木椅勾到身边，坐了下来。特蕾娅和布雷对飞行中的船只充满了好奇，一起趴在船舷旁向外眺望，小声讨论船是靠什么动力在空中飞行的。骑士亚力克动作麻利地为主人收拾出一块干净的甲板，维维亚娜的目光却被船头复杂的机械装置吸引了。莱茵奥特转头打量四周，最后目光落在了圆桌旁喝酒的“黑斗篷”身上，眼中透出一丝疑惑。

特蕾娅向外眺望了一会儿，渐渐地对周围失去了兴趣，将头转向船主：“威武帅气的西奥多船主，之前您明明拒绝了我们，为什么后来又突然改了主意？这艘船应该是客船吧？可是船上还堆了这么多货物，这是客货两用船吗？”

“我是一名皇商，专门负责运送皇族成员和为皇族采购货物。要不是有人替你们说情，我才懒得多管闲事呢！一旦被皇城守卫发现船上载了不该载的乘客，我的罪过可不小哪！”船主咂巴着嘴，啧啧说道。

有人说情？伙伴们齐齐露出疑惑的表情。他们初来乍到，谁也不认识，这里怎么会有人替他们说情？于是纷纷将视线投向坐在船主身边的“黑斗篷”。

那个人的脸隐藏在宽松的帽檐下，看不清他的面容，但眼尖的特蕾娅却注意到了他的左手，还有手腕处一只样式繁复精致的黄金手环，手环在阳光下闪耀着熠熠光辉。

黑手套！他的左手戴着一只黑手套，他是乌衣社的人！

“阿尔斯兰！”她脱口而出，刚要上前，却被警觉的莱茵奥特伸臂拦住：“不要过去！”

阿尔斯兰微微一笑，抬起头来，朝伙伴们打招呼。“算你们厉害，居然真的来到魔法大陆。别紧张，我的任务已经结束了，不会对你们怎么样。谁都知道，我是一个不称职的官员，对公务从来都是睁一只眼闭一只眼，遇到我算你们走运！”阿尔斯兰冲他们优雅地举杯示意。

“说得好听，你不是还带人半途截住我跟那些老臣们吗？你把他们怎么样了？”特蕾娅用充满敌意的目光盯着阿尔斯兰，没好气地质问。

阿尔斯兰摊开双手，轻笑：“我接到的任务是阻止你回国，我已经完成任务交旨了。至于那些老头子，我们往日无冤近日无仇的，何必难为他们。他们早就各回各家了，不过是在侍卫们的监督下。”

在船头负责瞭望的船员回过头来，冲这边大声报告：“威武帅气的西奥多船主，离菲利亚皇城已不远了。”

伙伴们闻言一齐往船头方向望去，眼前出现的一幕令所有人的眼睛都直了！只见前方的空中悬浮着一块绿意葱茏形如松塔的小岛，一座由白金两色组成的庞大建筑气势恢宏地矗立在那座小岛上，和周围一些同风格的塔楼、神殿等建筑构成了一片完整的建筑群，与天然形成的险峰、湖泊、野花、瀑布融为一体。湍急的瀑布从空中浮岛上一泻千里，源源不断地流入湖泊。而从小岛底部垂下来的无数长长的发达根系，又伸到地面的湖泊里吸收着水分以滋养绿意葱茏的浮岛。远远看去，菲利亚皇城分明是沐浴在神光之下的一座生机勃勃的空中之城。

“好美啊！那里就是我们要去的地方？”特蕾娅着迷地惊叹。

维维亚娜看得目瞪口呆，喃喃自语：“魔法大陆真是一个神奇的地方！”

“就是啊，就是啊！”布雷边附和边忙着拍照。

“你们也觉得很美是不是？可惜，对于你们来说，那里等于龙潭虎穴。”阿尔斯兰故作可惜地摇了摇头，啧啧说道。伙伴们不解地回头望来，“船主好心收留你们，我想你们肯定不希望船主因非法载客而被皇城守卫逮捕吧？我要是你们，就乖乖地藏起来，躲过侍卫的盘查再说。”阿尔斯兰一抬手，示意伙伴们向后看。特蕾娅回头看去，几只一人来高的人形陶罐整齐排列在船的一侧，船主上前打开人形陶罐，“这是船主为新王加冕采购的吉庆彩陶，你们可以藏进去避开侍卫的盘查。不过，他可不是什么大善人，抵达目的地后二十四小时之内，希望你们记得支付五倍的船资给他。”

“请吧！”船主将还在检查人形陶罐的布雷推了进去，

“砰”地合上盖子。维维亚娜和亚力克、帕特罗特、莱茵奥特依次藏进了另外几个人形陶罐中。

特蕾娅走进人形陶罐，见船主准备合盖子，不放心地推开一条缝追问：“阿尔斯兰，你不会把我们交出去吧？”

“我可不像威武帅气的西奥多船主那么贪财，我是贪杯，别忘了你还欠我一壶酒呢！”阿尔斯兰冲特蕾娅举杯示意，调皮地眨了下眼睛。特蕾娅脸微红，心里暗暗咒骂：这个厚脸皮的家伙，不知道他安的什么心。真有点儿不放心呢。

船主将人形彩陶重新一一检查确定安全后，命令船员加速前进。不久，船员大声报告：“威武帅气的西奥多船主，我们已经进入菲利亚皇城的防御范围，我们将要在菲利亚皇城的三号码头停靠。”随着离码头越来越近，一阵嘈杂的交谈声和吆喝声也飘进了特蕾娅的耳朵里。前行中的船只突然一晃，发出“哐当”一声巨响，停了下来。

“你比预定的时间迟了，船上都装了些什么？”一个冷漠的声音带着几分不悦问。特蕾娅好奇地把眼睛凑到出气孔处向外看，一位穿着华丽制服的年轻人领着两名侍卫来到船上。来人穿得整整齐齐，笔挺的制服上缀着亮晶晶的金扣、徽章和肩章，斜挂着武装带和佩剑，面容清冷的他即使不苟言笑也显得格外英武俊美。

船主忙迎上前，堆着满脸笑意，从兜里掏出一份许可文书双手呈给年轻人：“多铎大人，劳您费心等待，船上拉的货物太多太重，所以走得慢了一些。这些都是塔拉公主将要用于典礼的物品，请您检查过目。”

“一路上可还安全？这些货物不会有什么问题吧？”多铎皱着眉头审视满船的货物，举步向吉庆彩陶这边走过来，一步一步……

特蕾娅顿时紧张起来：不好，要是有人发现他们藏在彩陶里，肯定会把他们当成刺客抓起来！特蕾娅呼吸急促起来，一颗心“怦怦”狂跳，手下意识地摸向腰间的魔法棒准备着。她想透过呼吸孔观察周遭环境，不料，呼吸孔蓦地一黑。这突如其来的变故把特蕾娅吓了一跳，她猛地向后一缩，身体紧紧贴着吉庆彩陶内壁。只见指甲盖大小的呼吸孔处，一双青白眼眸正透过呼吸孔向里窥视，目光冰冷又锐利。

什、什么？又是这双眼睛……是他！一对上这双眼睛，特蕾娅双眼顿时睁得滚圆，脑海里倏地跳出一张冷酷无情的面孔。上次莱茵奥特带她去圣露西亚公主学院时，就是他带着杀手在后面围追堵截，听说他是塔拉公主亲自提拔起来的王宫侍卫长，一向心狠手辣，手段强硬。没想到，初到皇城就撞上了这号厉害人物！

“这里面是空心的？”多铎冷冷地问，屈起手指在彩陶上敲了敲。

糟、糟糕，不会被发现了吧？特蕾娅浑身僵硬，紧张得几乎连呼吸都要停止了，恨不得自己有飞天遁地的本领，马上从这里消失！

“啊哈哈，多铎大人，吉庆彩陶是半空心的，您掂掂这分量，死沉死沉的，质量比上一批还好呢！要不您试试？”西奥多船主赔着笑回答。

多铎仍半信半疑，抬手摸向彩陶的盖子准备打开一验真假，就在这紧要关头，阿尔斯兰懒洋洋的声音响了起来：“大哥，你这个侍卫长大事小事都操心，不嫌累吗？看看我，领着同样的薪水，可比你轻闲多了。你真是天生的劳碌命啊！”

老天！阿尔斯兰……竟然是王宫侍卫长的亲弟弟！特蕾娅骇然大惊，猛地记起了安浦路斯老臣说过的话，阿尔斯兰跟多铎是塔拉公主最看重的亲兄弟！

多铎见阿尔斯兰也在，索性打消了查验的念头，垂下手冷冷地吩咐：“让你的人把吉庆彩陶直接送去音灵殿！”说完，转身离去。

西奥多船主笑眯眯地目送多铎离去后，转身高声吆喝：“小的们，都机灵点儿，把塔拉公主的货搬去音灵殿。”不知从哪儿一下冒出十几名船员，他们两人一组，搬的搬，抬的抬，将一组吉庆彩陶搬下船。

吉庆彩陶随着船员的搬运微微地晃动，藏在里面的特蕾娅一动也不敢动，生怕被外面的船员发现。没过多久，特蕾娅感觉外面的喧嚣小了许多，似乎进入了一个安静的场所，连船员的低声议论都听得十分真切。

“怎么搞的？这次的彩陶好像比上次沉了许多。”

“嘘，小点儿声，到了皇宫重地多做事少说话！”船员们吃力地将吉庆彩陶抬进音灵殿，小心地放在地上，然后陆续退了出去。

“哐当”！沉重的殿门重新合拢，杂乱的脚步声渐渐远去，音灵殿内变得一片死寂。特蕾娅轻轻将彩陶盖推开一条缝，竖起耳朵听了听，见四下里无人，放心地走了出来。莱茵奥特、帕特罗特和伙伴们也陆续从各自的彩陶中出来了。

他们所在的大殿宽敞明亮，大理石地面光可鉴人，十二座乳白色的女神雕像整齐地分列两侧，呈倾斜的姿态向大殿中央靠拢，而大殿中央竖立着一根与屋顶相连的巨型圆柱，柱内飘浮着丝丝缕缕的白色雾气，一个戴着王冠，穿着礼服裙的虚幻人像在雾气中若隐若现。无数根悬浮在空中的白色蜡烛都燃着烛火，一闪一闪的，犹如璀璨的繁星。大殿中央的透明圆柱在烛火的映照下泛着淡淡的柔和光芒，显得那样神圣，有种独特的空灵美。

那个女人……我见过！特蕾娅目不转睛地望着巨型圆柱内的虚幻人像，一时间心潮起伏。就是这个女人站在街角冲她微笑，那优雅的身姿及亲和力十足的微笑给她留下了深刻的印象。

帕特罗特先生的声音里难得透着一丝温柔，低声说道：“这里是供奉女王的神殿，特蕾娅公主，那个透明罩子是冰棺，专门用来存放女王的音容供大家瞻仰。”

“妈妈……”特蕾娅轻喃着，伸手摸向冰凉的圆柱。从小到大，她从未听过母亲对她说过一句话，再次见面却已是天人永隔。回想着站在街角冲她微笑的美貌贵妇，特蕾娅将额头抵着冰棺，鼻腔一阵泛酸，有种隐隐的说不出的心痛。

“咯吱——”在特蕾娅满心沉浸在悲伤之中的时候，一件始料未及的事情发生了，大殿的门突然被人从外面推开。一位衣饰华丽的贵妇举着蜡烛出现在门口，看到了特蕾娅一行人，难以置信地睁大眼睛，手捂着嘴巴，禁不住发出一声惊呼：“天哪，你们是什么人？”她立刻转向殿外，扯着尖细的嗓音高喊，“来人呀，卫兵！”

突如其来的意外让伙伴们一阵慌乱，没等他们想出对策，一群穿着制服的侍卫从外面潮水般地涌了进来……

萝莉大冒险③

浮空城的继任者

第十章

被激活的黑雾侍卫

塔拉公主露出一丝诡异的笑，挥动着魔法棒优雅地向地上一划，随着她的手势，一缕缕黑色的烟雾从地板上缥缈而出，缭绕的黑色烟雾慢慢凝聚，竟然渐渐化成一群身穿盔甲的皇族守卫。

随着一阵杂乱的脚步声，一大拨侍卫冲进了音灵殿，将特蕾娅等人包围了起来。为首的正是之前与特蕾娅打过照面的王宫侍卫长多铎。卫兵的出现让大殿内的气氛变得紧张起来。与卫兵一起赶来的还有许多梳着精致发髻、衣着华美的贵妇和穿着黑色燕尾服、戴白色手套的男人们，他们密密麻麻地挤在门口内外，瞄着特蕾娅一伙人交头接耳地谈论着什么。

一看惊动了这么多人，特蕾娅吓得心紧紧揪成一团，一时有些手足无措。肩头的咘咘缩起身体悻悻地自语：“完蛋了，这下我们插上翅膀也飞不走了！”

布雷后怕地瞄着乌泱泱的一群人，皱着眉，战战兢兢地低声问伙伴们：“现在怎么办？他们不会把我们一锅烩了吧？”

维维亚娜毫不迟疑地抽出魔法棒拿在手中拉开防御架势，冷静地说：“老师教过我们一句古言：既来之则安之。反正已经被他们‘包饺子’了，大不了跟他们拼了！”

听到主人的话，亚力克也抽出了魔法棒准备和主人并肩作战。面对一群来者，只有帕特罗特先生理直气壮地叉着腰，一副泰山崩于前面色不变的坦然模样。

侍卫长多铎带着卫兵一步步地走上前，伙伴们则连连后退，后背几乎贴上了巨大的透明圆柱体。多铎的眉头拧成了川字，青白色的眼眸冷冷地盯着特蕾娅，眼神如同野兽锁住猎物般：“胆子不小啊，天堂有路你不走，地狱无门你闯进来。这回我可不会轻易放过你。来人，把他们通通给我抓起来！”

卫兵们刚冲上来要动手，帕特罗特一声厉喝制止了他们：“住手！浑蛋多铎，你没看到我在这儿吗？”帕特罗特一脚踹飞冲在最前面的一名卫兵，叉着腰，正义凛然地挡在伙伴们的前面。卫兵们不敢得罪宫廷老臣，面露犹豫地看向侍卫长。

多铎面无表情，冷冰冰地说：“帕特罗特先生，之前我去您府上拜访，家丁说您身体不适谢绝见客，没想到您竟然带着一伙麻瓜夜闯皇宫。我没有权力治您的罪，不过身为王宫侍卫长，我有权处置这伙来历不明的入侵者！”

“麻瓜？你说谁是麻瓜？我们是被帕特罗特先生正式邀请来的，才不是什么来历不明的入侵者！”特蕾娅被多铎的言语激怒了，不满地大声争辩。布雷缩着脖子躲在特蕾娅身后，忍不住喊了一声：“就是，你们都睁大眼睛好好看看，她可是你们塞尔西亚国的特蕾娅公主！”布雷的一句话犹如在人群中投下一枚重型炸弹，围观的贵妇和大臣们难掩脸上的震惊表情，齐刷刷地将目光朝特蕾娅投去。大殿内顿时一片哗然。

“天哪，她就是传说中的叶塞尼娅女王的小女儿？”

“除了那一头红发，她长得跟女王好像啊！”

“帕特罗特先生去了人类世界，是为了把特蕾娅公主带回来吗？”

“塔拉公主听到这个消息，恐怕又要头痛了……”

随着贵妇和大臣们的议论声越来越响亮，多铎的脸色也越来越难看。“够了！”一声厉喝，嘈杂的议论声瞬间停止，所有人都识趣地闭上了嘴巴，一时间，偌大的音灵殿静得有些可怕。多铎那双冰冷的青白眼眸紧盯着特蕾娅，浑身散发着骇人的气息：“把他们抓起来，交由塔拉公主定夺！”

卫兵们不敢违抗长官的命令，粗暴地拉开帕特罗特先生，准备将特蕾娅等人抓起来。

“赫赫巴斯，去！”维维亚娜见形势不妙，果断地扬起魔法棒将冲向特蕾娅的两名卫兵击飞。特蕾娅趁机拔出魔法棒准备还击，不料，有人比她的动作还快，抢先一步朝维维亚娜下手。

“赫赫巴斯，去！”多铎的冲击波如凶蛇吐芯一般疯狂喷涌而出，直朝维维亚娜射去。

“啊！”维维亚娜被强劲的冲击波击中，向后退去。

“维维亚娜公主！”亚力克惊叫，伸手接住了维维亚娜，和她一同重重地摔到地上。

“维维亚娜！”特蕾娅惊叫一声，连忙向维维亚娜奔去。她刚扶起同伴，一群卫兵便将他们团团围了起来。落单的布雷也被卫兵反扭着胳膊架了起来。

“要想保住他的小命，最好乖乖地照我的话去做。”多铎冷冰冰的声音里透着无形的压力，令人不寒而栗。他似乎已经摸清了特蕾娅的弱点，故意先朝她的同伴下手以挟制她。

果然，特蕾娅看到布雷受到对方的挟持，顿时被激怒了：“放开我的同伴！你敢伤他一根寒毛，我会不惜一切代价跟你死磕到底！”

“信不信我现在就结束他的小命？”多铎一把掐住了布雷的脖子。

布雷吓得哭丧着脸，举起双手做投降状，费劲地从嘴里挤出一句话：“大家……冷静……有话好好说……谁也不比谁……多一条……命啊！”

特蕾娅极力忍着心中的怒意，维维亚娜也不敢轻举妄动。大殿内陷入一片死寂，贵妇和大臣们个个噤若寒蝉，一动也不敢动，伙伴们也被多铎的气势震慑住了。

就在双方紧张对峙的时候，一名大臣快步如飞地跑进来报告：“多铎大人，塔拉公主要亲自处置入侵者！”

多铎二话不说，转身向外走去，特蕾娅和伙伴们被卫兵们押出了音灵殿。帕特罗特先生见特蕾娅他们被带走，又急又气地跺了下脚，奔出大殿朝相反的方向跑去。伙伴们跟在多铎身后，穿过被重兵把守的禁宫宫门，面前出现一片绯红色的花海，沿着花海间一条鹅卵石铺就的小路继续向前，再穿过立着许多根巨型乳白色石柱的环形广场，一座冰晶般璀璨又梦幻的宫殿出现在伙伴们面前。

“塔拉公主，麻瓜入侵者带到。”多铎冲着门口一朵盛开的玫瑰花报告。

“带他们进来，其他人在外等候。”一个清亮的女音从花朵里传出。

“可是这样太危险了，塔拉公主，还是让我……”多铎不放心地想说什么，但话还没说完，就被里面传出的声音打断。

“你以为我连几个麻瓜都对付不了？我可不是事事都要依赖你。让你等就等着，有需要自然会叫你。”女音虽轻，却透着不容辩驳的威严。多铎的表情一僵，眼底闪过一抹诧异，他迟疑了一下才将门推开。

特蕾娅他们刚走进去，门就被人从后面重重地关上了。门口上方一个圆形转盘滴溜溜地转了几圈，“叮”的一声，指针停在红色的指示灯上。伙伴们抬起头打量四周，塔拉公主的宫殿犹如一座冰晶之城，外面已是繁星满天，宫内却是亮如白昼，到处闪烁着夺目的光芒。几棵粉红色的花树错落有致地布置在宫殿两侧，使得空旷清冷的宫殿多了一丝梦幻的味道，空气中飘浮着淡淡的花香。

伙伴们放轻脚步往里走去，他们的身影映照在清冷的地板上。布雷缩着脖子东张西望，不停地搓着手，嘀咕道：“奇怪，怎么看不到人呀？”特蕾娅也觉得颇为诧异：“什么样的女孩会一个人住在冷清的宫殿里，连个侍女也不要？我觉得这太不正常了！”维维亚娜被亚力克搀扶着，小声地提醒道：“不要大意，敢一个人住在这里的人绝对是个内心强大的人，而且实力不弱。”

“呵呵呵……”一阵阴恻恻的低笑从伙伴们头顶上方传来。特蕾娅警觉地抬头看去，一把水晶椅悬浮在空中，一个披着黑色斗篷的女孩优雅地交叠着双腿坐在上面，居高临下地睥睨着他们。

什么？特蕾娅一惊，没想到有人藏在他们上方，而他们竟然毫无察觉！

“我原以为麻瓜里至少有几个聪明的人，没想到都愚蠢至极。特蕾娅，你能在人类世界逃过几次追杀算你命大，但如今你来到我的地盘，当真是一点儿胜算也没有了。”塔拉公主驱动座椅平稳地向前飘去，停在台阶的最高处。

“她是塔拉公主？”布雷着实意外地低叫。

“我对她的审美真是不敢苟同。”维维亚娜淡淡说道。

特蕾娅也感到有些诧异。她原以为皇族公主的容貌必定倾国倾城，气度也是雍容华贵，谁知眼前的人给她的感觉却完全相反。清丽的面庞冷若冰霜，红艳艳的嘴角似笑非笑地勾着，阴冷的眼神中隐隐兜转着一股诡异的魅力。她的衣裙发饰都以深色调为主，整个人显得暮气沉沉，没有半点儿年轻人该有的活力和朝气。

咘咘撇了撇嘴，小声在特蕾娅耳边嘀咕：“咘咘不喜欢塔拉公主，打扮得跟黑寡妇似的，一点儿也不讨人喜欢。”

“塔拉公主，我不想与你为敌，我们生活在两个不同的世界里，彼此相安无事不是很好吗？为什么你三番五次地找我麻烦？”一见面，特蕾娅便将压在心中的疑惑大声问了出来。

塔拉公主玩弄着涂着黑色指甲油的纤细手指，漫不经心地答道：“我也想知道为什么——为什么你出生时会成为预言家口中魔法大陆的拯救者？为什么你会被母亲偷偷藏到人类世界而不让别人知道？为什么你从未在魔法大陆生活过一天却得到比我还多的宠爱？为什么你在人类世界生活了这么多年，不平平淡淡地过完一生，非要回来蹚这潭浑水？你能回答得出来吗？”塔拉公主越说越气，一拍扶手从座位上站起来，愤怒地冲着特蕾娅吼道，“我比你努力，比你漂亮，比你有才华，凭什么被你这个远在天边、素未谋面的人夺去原本属于我的一切！”

塔拉公主胸膛剧烈起伏，“呼哧呼哧”地喘着粗气，一副恨不得将特蕾娅撕碎的表情。

这时，维维亚娜冷静的声音响了起来：“因为特蕾娅体内跟你流着相同的血，同是未来的继承人！”维维亚娜一语击中了塔拉公主的要害。塔拉公主面色铁青，身体晃了一下，手扶着椅背才勉强站稳，她按着突突狂跳的太阳穴，斜睨着高台下的特蕾娅，咬牙低声道：“该死，我好像操心过了头儿，都胡说些了什么，还是早点儿除掉这个臭丫头才是正理！”

塔拉公主的手摸向衣袖里的镶银边的象牙魔法棒，她刚有所动作，警觉的莱茵奥特立刻拔出魔法棒准备防御，特蕾娅和维维亚娜也各自亮出了自己的武器，三支魔法棒一起指向了塔拉公主。宫殿内的气氛顿时紧张起来，战斗一触即发。布雷见势不妙，忙从随身的包里取出自己表演时用的魔法棒，学着伙伴们的样子虚张声势地拿在手中。

“你想做什么？堂堂的皇族公主想在这里处置我们

吗？”特蕾娅看出塔拉公主眼中的杀意，心蓦地一惊。

塔拉公主阴恻恻地笑了起来，敲着手中的魔法棒神情倨傲地抬高下巴：“我屏退左右，就是为了随心所欲地清理你们！无论我怎么处置你们都有正当的理由，而你们对我做出任何行为，我都会以企图伤害皇族的名义判你们死罪！”特蕾娅被塔拉公主的话震慑住了！其他伙伴同样一惊。塔拉公主的眼神极为冰冷，看上去就像个杀人不眨眼的冷血魔头。

没想到刚见面，塔拉公主就要她的命！特蕾娅心中的勇气被激发了出来，气愤地大声说道：“就算是皇族也没有绝对的权力置人于死地，我们才不会乖乖地任由你宰割！”

“你们以为你们会是我的对手吗？我可是黑暗系三级魔法师。”塔拉公主轻笑。

特蕾娅看到布雷心虚地垂下手臂，一把抓着他的手臂举起来，语气倔强地哼道：“那又如何？我们现在是以四对一，我就不信你一个人能对抗我们这么多人！”

塔拉公主露出一丝诡异的笑，挥动着魔法棒优雅地向地上一划，随着她的手势，一缕缕黑色的烟雾从地板上缥缈而出，缭绕的黑色烟雾慢慢凝聚，竟然渐渐化成一群身穿盔甲的皇族守卫。“嚓嚓……咔”！皇族守卫仿佛活了一般，动作一致地将手中的长矛对准特蕾娅他们。

特蕾娅惊骇地盯着那些皇族守卫，不敢相信地低叫：“老天，这是什么鬼东西？”伙伴们也被眼前的皇族守卫惊得睁大了眼睛，心头涌起一股强烈的恐惧。莱茵奥特看到一名皇族守卫举起长矛朝特蕾娅刺来，赶紧挥动魔法棒甩出一道冲击波，那名皇族守卫瞬间被劈成了两半。不料，更可怕的事情出现了——被劈成两半的守卫化成一团黑雾，很快又恢复了原来的模样！普通的攻击竟然对它们不起任何作用！

天哪，这是什么怪物？眼前的一幕令伙伴们心惊胆战，激发出了他们内心深处最原始的恐惧！特蕾娅肩头的咘咘吓得牙齿直打战，全身毛发竖起：“它、它们是傀儡兵吗？”旁边一位皇族守卫目光凶狠地发出一声嘶吼，挥动长矛朝布雷刺来。

“小心！”特蕾娅一把拉过布雷，同时甩出一道冲击波将那名皇族守卫击成一团黑雾。“啊！”她叫了一声猛地缩回手，感觉皮肤一阵火辣辣的痛。虽然皇族守卫被击溃了身形，但她的手臂也被锋利的长矛割出一道长长的血口子。

“它们不是人，我们的攻击对它们没用！它们却可以攻击我们！”维维亚娜意识到事情不妙，心惊地说道。黑雾笼罩，恐惧侵袭，伙伴们被从地板里“长”出的皇族守卫团团包围。

“落入我的鬼煞阵，你们休想逃出去。它们会耗光你们的体力，拖垮你们的意志，直到你们失去生命。哈哈哈！”塔拉公主站在高台之上俯视着特蕾娅他们，神情既傲慢又得意，“卫兵，给我消灭他们！”塔拉公主的手指一抬，恶狠狠地嘶吼。

“踏踏……踏踏……”寂静的宫殿内响起了脚步声，那些皇族守卫端着长矛，迈着整齐划一的步伐，一步步地向小伙伴们逼近，眼看着包围圈不断缩小，伙伴们背对背靠拢在一起，心都提到了嗓子眼儿。战斗到了最紧张的时刻。

萝莉大冒险③

浮空城的继任者

第十一章

木屋的沉睡公主

只见躺在床上的少女双手交叉放在胸前，双目紧闭，一头长长的银白色长发从床上垂落，缀满金丝银线的粉红衣裙透着贵族气息。项链和发饰上的珠宝在夜色中依然流光溢彩，散发着夺目的光芒。

特蕾娅没想到与塔拉公主初次见面，塔拉公主就召唤了一群没有灵魂的皇族守卫要消灭自己。面对着这样一群训练有素且永远打不死的傀儡兵，特蕾娅头皮一阵发麻，不知道他们能不能从这里脱身。“它们复原需要时间，我们只要动作够快，对付它们不是问题！”莱茵奥特护在特蕾娅身前，挥舞着手中的魔法棒朝皇族守卫们射出一道道凌厉的冲击波。特蕾娅和维维亚娜、亚力克也加入进来，不断地朝皇族守卫射出光束。看到伙伴们都在战斗，布雷灵机一动，迅速从背包里抽出一块红布拿在手中抖动，俨然把自己当成了战场上的斗牛士。

光线昏暗的宫殿内频频闪现着耀眼的火光，遭到攻击的皇族守卫每每被打成一团黑雾不久，又会恢复成人形继续朝伙伴们发动攻击。空气中弥漫着一丝若有似无的妖娆香气，直往特蕾娅鼻子里钻去，特蕾娅渐渐有些恍惚了，她用力晃了晃头，抬头朝高台望去。只见塔拉公主站在高台之上正勾着嘴角冲她微笑，明明很好看，特蕾娅却冷得打了个激灵。

特蕾娅目光迷离之际，突然看见塔拉的脸如水波般荡漾起来。望着那张水波样的面孔，特蕾娅总觉得自己也在随着水波旋转，旋转，随时都要被卷到漩涡里似的。

“天哪，她的脸……怎么没有了？”特蕾娅惊恐地吸了一口冷气，禁不住发出一声惊呼。

“您说什么？”莱茵奥特刚刚击溃几名皇族守卫，顺着特蕾娅的视线望去。

特蕾娅手指着塔拉公主，颤声惊叫：“你看……她的脸、消失了！我看不到她的五官……”

布雷望了一眼塔拉公主，回头望向特蕾娅，神情疑惑：“喂，你怎么说起胡话了？”

莱茵奥特好像意识到什么，猛地扬手朝塔拉公主射出一记凌厉的冲击波：“赫赫巴斯，去！”强大的冲击波一下将塔拉公主击飞出去，摔到了座椅旁边，莱茵奥特扭头对伙伴们大叫：“不要在这儿纠缠，我们快走！”说完拉着特蕾娅往门口急奔。伙伴们不知发生了什么事，飞快地跟了上来。

就在这时，殿门被人拍得震天响，外面传来嘈杂的吵嚷声和呵斥声，帕特罗特的大嗓门儿在喊：“让我们进去，所有人都来了，塔拉公主必须给我们一个解释！”

塔拉公主扶着座椅从地上爬起来，看到他们要逃，美丽的面孔不可思议地扭曲起来，低声道：“想逃，没那么容易！”说着抓起象牙魔法棒朝门的方向一挥。就在莱茵奥特的手摸到殿门的一刻，大门上方的彩色转盘突然滴溜溜地转了起来。莱茵奥特急于领大家逃离这里，没留意这些细节，用魔法棒击开房门，带着大家一头冲了出去。

特蕾娅被莱茵奥特拉着踉踉跄跄地跑着，喘息着追问：“出了什么事？为什么突然急着带我们出来？”

莱茵奥特确认后面没有脚步声跟来，这才停下：“是您的话提醒了我，那些烟雾有迷幻作用，会瓦解我们的意志！如果再逗留下去，我们恐怕都会中了塔拉公主的诡计。”

维维亚娜拍了拍有些发沉的脑袋，气恼地说：“难怪有几次魔法棒都不听使唤了，我还以为魔法棒出问题了呢。”

“那个塔拉公主到底跟特蕾娅有什么深仇大恨，竟然想杀了我们，她是不是疯了？”布雷后怕地叫道。

特蕾娅手按着胸口，大口地喘着气，感觉两条腿软绵绵的，仿佛随时都会瘫倒在地。维维亚娜见特蕾娅的手臂还在流血，从自己的裙边上“刺啦”一声扯下一根布条，麻利地裹在特蕾娅的伤口上。“她没疯，她远比我们精明得多，为了争夺皇权不惜置我们于死地，心也真够狠的！”

在维维亚娜帮她处理伤口的时候，特蕾娅回头朝身后望去，突然，她发现了什么，眼中浮现出几许疑惑：“等等，这不是我们原来走过的路！”

听了她的话，伙伴们转头打量四周，这才发现事情有些不对。他们进去的时候周围有很多宫廷建筑，而这里看上去很像常年无人打理的园林。泛黄的树叶落满山间小路，爬藤植物的枯枝将整个凉亭覆盖，重重杂草包围了对面明晃晃的湖面。这里听不到鸟鸣，也看不到人影，只有风吹草动的“沙沙”声和随风飞舞的漫天草屑，犹如一个被人遗忘的世界。

“奇怪，之前我明明听到门外有很多人在说话，可我们跑出来的时候，却一个人也没有看到！”布雷纳闷地说。

维维亚娜咬着嘴唇努力回忆之前的情形：“我留意过宫殿的布局，进去的大门只有一个，也是我们出来的这个门，绝对不可能搞错！为什么会这样呢？”

为了搞清楚，特蕾娅果断地转身往回跑去。伙伴们奔回原来的地方一看，都惊呆了，这儿哪有什么水晶宫殿，只有一间废弃的破旧木屋！这座年久失修的木屋看上去就像一具残破不全的躯体，屋顶上长满了杂草，木屋表面蛀迹斑斑，到处是大大小小的裂缝，有的缝露出黑洞，就像食人鱼张着嘴巴想要咬上猎物一口似的。而刚才，他们就是从这间木屋里跑出来的！

“怎么会这样？我们明明是从塔拉公主的宫殿里跑出来的，怎么变成一间破木屋了？”奇怪的事情越来越多，特蕾娅脑袋彻底变成了一锅糨糊，就连莱茵奥特也露出一脸诧异的表情。

特蕾娅急切地上前拉开门，“吱呀”一声，木门发出一阵难听的声音，门上的灰尘纷纷落下来。伙伴们走了进去，脚踏在木条地板上，发出“嘎吱嘎吱”的响声，就像濒死者发出的痛苦呻吟。小小的木屋角落里堆着一些落满灰尘的杂物，而正对木屋门的方向有张破旧的木床，一位沉睡中的妙龄少女引起了伙伴们的注意。

“怎么有人躺在这里？”特蕾娅压低声问道。只见躺在床上的少女双手交叉放在胸前，双目紧闭，一头长长的银白色长发从床上垂落，缀满金丝银线的粉红衣裙透着贵族气息。项链和发饰上的珠宝在夜色中依然流光溢彩，散发着夺目的光芒。破败的木屋里躺着这样一位衣着华丽的美貌少女，这让伙伴们着实意外，他们放轻脚步，好奇地朝床上的少女走过去。

布雷害怕地缩在门口处不敢进去，冲伙伴们招呼：“喂，别、别过去，万一她是死人……怎么办？”

特蕾娅在强烈的好奇心驱使下，早已忘了害怕，蹑手蹑脚地来到床边。借着微弱的夜色，特蕾娅终于看清了对方的容貌，她已经不年轻了，从满脸的细纹上可以看出，她至少六十岁了。只是因为光线昏暗，再加上她的穿着打扮，让人乍一看还以为是十六七岁的女孩呢。特蕾娅细细地打量着她的容貌，不知为何，心中有种似曾相识的感觉，喃喃地惊叹道：“她长得好美啊！我好像在哪里见过她似的。她怎么会躺在这里？”

“咦？你们发现没有？这个人长得跟特蕾娅有几分相像哦。”维维亚娜仔细观察着贵妇的容貌，惊奇地说道。

被吸引过来的布雷缩在特蕾娅身后朝贵妇望了一眼，还是有些害怕地拉着特蕾娅，颤着声小声提醒：“你们小心点儿，这里可不是睡觉的地方，这个人躺在这里多半有问题！”

经布雷提醒，伙伴们也注意到事情有些异常，这个贵妇怎么会出现在荒无一人的野外，还躺在破旧的木屋里？

“她应该是睡着了吧？”特蕾娅不确定地问道，小心地伸手推了推贵妇的肩，谁知贵妇毫无动静。布雷缩着脖子躲在特蕾娅身后，哆哆嗦嗦地颤声问：“她该不会是……死掉了吧？”特蕾娅心里有些发毛，又加了点儿劲用力晃了对方一

下，但对方仍旧没有半点儿反应。

“我来！”维维亚娜抽出魔法棒走过去，在美貌贵妇身上挥了一下，“霍拉复原术！”贵妇的身上奇迹般地泛起一层柔和的光芒。等光芒消退，贵妇终于有了反应，两排长而弯的浓密睫毛微微颤动，眼皮动了几下，接着，她缓缓睁开了眼睛。

“她醒了！”特蕾娅惊喜地叫道，忙伸手扶贵妇坐起来。

布雷不敢相信地睁大眼睛，冲维维亚娜竖起大拇指：“你好厉害啊！死人都能救活！”

维维亚娜抱起双臂，骄傲地勾起嘴角：“这没什么，我早就自学了霍拉中级魔法，这点儿小事完全不在话下！”

贵妇用手抚着额头，虚弱地微微喘息：“我怎么会在这里？发生了什么事？你们又是谁？”

“我叫特蕾娅，他们是我的朋友，维维亚娜、亚力克、布雷和莱茵奥特。”特蕾娅热心地向贵妇介绍自己和同伴们，“多亏维维亚娜对你实施了霍拉复原术，这才将你唤醒。对啦，你是谁？还记得发生了什么事吗？”

贵妇茫然地环顾四周，似乎在努力回忆着什么，口中喃喃自语：“我记得手下带我来这里欣赏秋景，后来我贪杯多喝了两杯，手下就扶我到这里稍作休息……怎么？这里只有你们几个？我的侍女呢？怎么连守卫也不见了？”贵妇猛然想到什么，推开特蕾娅快步奔出木屋，吃惊地环顾四周，“怎么草叶都枯萎了，我来的时候不是这样啊，我到底睡了多久？”

维维亚娜耸了耸肩：“我们来的时候你就在睡觉，至于睡了多久只有你自己清楚。”

“现在是哪一天？快告诉我，今天是什么日子？”贵妇急切地抓着特蕾娅的手追问。伙伴们扭头朝莱茵奥特看去，莱茵奥特礼貌地回答：“现在是魔法大陆历三零九七年十月十一日。”贵妇手捂着胸口，不敢相信地深吸了口气，喃喃低语：“什么？我竟然睡了三天……这、这怎么可能？”

“有人给你施了沉睡咒，我猜，大概有人不希望你醒过来。”维维亚娜的坦言相告让贵妇的脸色瞬间苍白，她睁大眼睛，满脸震惊，说不出话来。特蕾娅从贵妇的穿着打扮看出她是个有权势有地位的人，好心地说道：“我们也是遇到了麻烦被迫逃到了这里，看情形，这里好久都没人打扫了，似乎已经荒废了。你知道怎么从这里回去吗？”

贵妇怔怔地想着心事，听到特蕾娅最后一句话，猛地回过神来，快步来到木屋前关上门，打开，关上，又打开，似乎要验证什么。布雷压低声音问伙伴们：“这个人是不是受了什么刺激，脑子有问题？”特蕾娅走上前在贵妇肩头拍了一下正要说话，贵妇突然狠狠揪着自己的头发，在原地走来走去，气愤地咬牙咒骂：“该死！她把我扔在了这里，这个浑蛋！”

“呃，你说的是谁呀？”看着贵妇满脸怒容地骂骂咧咧，特蕾娅小心地试探道。贵妇猛地停下脚步，气呼呼地朝特蕾娅看来，愤怒的眼睛瞪得溜圆，竟把特蕾娅吓了一跳。“你好大的胆子，跟我说话竟然不用敬语！你叫什么来着？”贵妇一手叉着细腰，一手指着特蕾娅的鼻子，极为不满地呵斥道。

特蕾娅只好硬着头皮重新向她做了一番介绍。

“你是特蕾娅？”贵妇吃惊地瞪大了眼睛上下打量特蕾娅，又将目光一一投向特蕾娅身边的同伴们，“维维亚娜，莱茵奥特……我听过这些名字……竟然是你们！”贵妇吃了一惊，显然没有想到会在这里遇到他们。

听贵妇的口气，她似乎听过他们的名字，没想到自己这么有名，连深宫贵妇都知道自己了。特蕾娅心情大好，笑眯眯地说道：“老奶奶，您也知道我？”谁知这句话一出口，贵妇的脾气就像被点燃引线的炮仗般爆发了，她挥舞着手臂气呼呼地怒吼：“可恶！你叫谁老奶奶！你哪只眼睛看到我老啦！你再胡说八道信不信我把你扔到万年雪山去！”

“您都一把年纪了还非要把自己打扮成小姑娘的模样，您就那么想当万年老妖精？”维维亚娜皱了眉头，毫不客气地一言戳中贵妇脆弱的心。

贵妇气得额头暴起一根青筋，手指着维维亚娜的鼻子破口大骂：“你、你说谁是老妖精！你说……”亚力克见状，连忙伸臂护住主人。说话间，贵妇注意到了自己的手，她目光定定地看着枯树皮般的手掌，惊恐地睁大眼睛，满脸的不敢置信。“这、这不是真的……我、我怎么变成这副鬼样子了？”她疯了似的朝湖边奔去。

特蕾娅惊叫一声：“老奶奶，您想做什么？”贵妇的举动让伙伴们的心都提了起来，纷纷追了上去。贵妇拨开芦苇丛低头一看，不由得惊声尖叫，她捂着嘴巴，一脸惊恐地望着湖面，只见湖面上映出一张苍老的脸，脸上爬满了皱纹，像老树皮一样干枯。贵妇双手颤抖地摸着自己的脸，颤声惊叫：“这、这是我吗？我怎么变成这样了？怎、怎么会……”豆大的汗珠接连不断地掉进湖中，她身形一晃，一屁股跌坐在地上，全身哆嗦个不停，终于忍不住大哭起来。

伙伴们面面相觑，不明白为什么贵妇在看到自己的样子时会受到极大的惊吓，难道她不知道自己的长相吗？

看着贵妇捂着脸痛哭，像极了小姑娘受委屈而哭的样子，伙伴们同情地围了上去。咘咘从特蕾娅身上跳到贵妇肩头，怜爱地舔着她的脸。“请问，你为什么哭得这样伤心？你知道是谁害了你吗？”特蕾娅小心翼翼地上前问道。

贵妇停止了哭泣，猛地从地上站起来，咬牙切齿地说道：“我当然知道，我要抓住她，好好给她点儿颜色看看！”

莫非她变成这样也与塔拉公主有关？特蕾娅心里暗暗猜测，好心地提醒道：“她可不好对付，我们跟你一样，也是受害者。你有把握斗得过她？”

“整个塞尔西亚国没有我斗不过的人！我要让她从哪儿来就滚回哪儿去！”贵妇紧握着拳头，歇斯底里地怒吼。

布雷从她的话里听出她身份非同一般，忍不住问了一句：“您到底是谁呀？”

贵妇白了伙伴们一眼，没好气地埋怨道：“你们真是有眼无珠，没看出我是塔拉公主吗？”

什、什么？她是塔拉公主！伙伴们全都震惊了！

第十二章

激战黑巫师

她美丽的脸上开始出现无数细纹，如同被敲碎的鸡蛋壳，一片一片地簌簌剥落，最后，竟变成一张皱巴巴的苍老的脸，她的脸上横七竖八地爬满了皱纹，就像一块干枯的老树皮。这才是黑巫师莫哈的真实面孔！

当贵妇说出自己的身份时，伙伴们都愣住了！塔拉公主不是特蕾娅公主的姐姐吗？可眼前的人分明是个上了年纪的老太婆，怎么可能是年轻的塔拉公主？可是贵妇的衣着和发饰又和她的年纪不符。这到底是怎么回事？伙伴们彻底糊涂了！

“我被我的占卜师莫哈骗了！那天莫哈说带我欣赏秋景，骗我喝下了一杯新酿的果酒，喝完那杯果酒后我感觉昏沉沉的，之后的事我就不知道了……她一定是在我的果酒里动了手脚！让我变成了现在这副鬼样子！”塔拉公主气得声音颤抖，看着自己干瘦起皱的手，泛红的眼底浮上了一层浅浅的泪光，继而忍不住捂着脸大哭起来。

没想到他们初次造访皇宫就遇到了这样古怪又离奇的事情，坐在水晶宫里的塔拉公主竟然是黑巫师莫哈假扮的！看到塔拉公主哭得那样伤心，特蕾娅语气软了下来：“别哭了，哭又解决不了问题，我们看看能不能找到补救的办法！”

“这个简单，只要我们抓住莫哈，逼她交出解药，塔拉公主还有希望回到原来的样子！”维维亚娜扬着眉头，淡淡地提出一个看似简单实则艰难的办法。

“塔拉公主，我们从水晶宫里逃出来后就找不到回去的路了，您既然是水晶宫的主人，应该知道怎么回去吧？”莱茵奥特上前礼貌地问。

塔拉公主眼神闪烁，却躲避不了他询问的目光，犹豫片刻，轻声说：“知道也没办法。出来时你看到门上方的彩色转盘了吗？那是我们塞尔西亚国皇宫最大的秘密。那个转盘上有五个颜色，分别代表五个地区，想去哪儿只要拨动那个彩色转盘就能瞬间前去那里，但只能在那边操作才可以。莫哈把我困在这里后，为了保守秘密，肯定不会再开启这个通道了。从这里回皇宫就算乘飞船也要三天三夜，我的魔法棒也被莫哈收走了，若不是遇到你们，我恐怕只有在这里等死了。”塔拉公主受挫地低下头，叹了口气。

“主人！门、门在发光！”特蕾娅肩头的咘咘突然惊奇地睁大眼睛，指着房门激动地大叫。

伙伴们闻言一齐朝门口看去，果然，那扇门的四周泛起了光。塔拉公主激动地颤声叫道：“通道开启了！”机会来了！特蕾娅抓住这个机会，飞快跑过去将门拉开，和伙伴们一起冲了进去。一踏进宫殿，伙伴们不约而同地停下脚步，不敢相信地睁大了眼睛。只见高台前聚集了一大群人，帕特罗特、安浦路斯以及一班老臣也在其中，他们似乎跟坐在高台上的“塔拉公主”起了争执，一个个情绪激动地比画着，围在高台四周。

可令人奇怪的是，所有的人都异常安静，他们就像被定住了似的保持着固定的动作僵在原地，特蕾娅走过一个又一个静止的人，心里暗暗吃惊，这些人像被冰冻了似的浑身上下被一层薄冰包裹着，连头发都一根根地结满了白霜，只有眼珠子仍能骨碌碌地转动。帕特罗特瞪着铜铃般的大眼睛冲特蕾娅使眼色，似乎在提醒她快点儿离开这里。

“奇怪，那个黑巫师去哪儿了？”特蕾娅转头打量四周，却没有发现莫哈的身影，心里隐隐有些不安，这个坏事做绝、没有人性的黑巫师莫非又在酝酿什么新的阴谋？

布雷的注意力被身边的冰冻人吸引住了，他好奇地戳了戳安浦路斯的脸，又弹了一下他冰冷的鼻头，啧啧惊叹：“真的被冻住了，好神奇啊，黑巫师是怎么做到的？有意思有意思！”安浦路斯一脸阴郁地看着他，可惜什么也做不了。布雷忽然想起什么，搂着安浦路斯的肩乐观地笑道：“你们说，黑巫师会不会知道阴谋败露待不下去了，所以提前跑路了？”

维维亚娜扫了一眼满脸傻笑的布雷，不屑地哼笑：“她要有你这样的智商，恐怕在皇宫一天都待不下去。拜托用你的榆木脑袋想想是谁为我们开的门？”跟在后面的骑士开心地上前进言：“我知道了，公主，这里所有的人都遭到了黑巫师的暗算，那为我们开门的人只可能是黑巫师！”

“黑巫师阴险狡诈，绝不会放弃快要到手的权力，她一定藏在某个角落等着算计我们呢！”莱茵奥特丝毫不敢放松警惕，时刻留意着周围的动静。

“可惜这里的人不能说话，要是能给我们点儿提示就好了。”特蕾娅转头看向周围的大臣，发现他们的眼珠子都在来回转动，好像急于表达什么。“你们知道黑巫师在哪儿？”帕特罗特和一班大臣的目光齐刷刷朝同一个方向看去。特蕾娅暗暗思索，得出的答案令她的心“咯噔”一下。特蕾娅肩头的咘咘似乎察觉到了危险，浑身颤抖不止，脚一滑，一个跟头跌落了下去。特蕾娅扭动着发僵的脖子，缓缓转向自己的身后，看到一位穿着黑色长裙的贵妇。

恰好那位穿黑色长裙的贵妇也在缓缓扭头，正跟她面对面，那是一张跟塔拉公主一模一样的年轻面庞！但接下来的一幕却让特蕾娅惊骇得睁圆了眼睛，她美丽的脸上开始出现无数细纹，如同被敲碎的鸡蛋壳，一片一片地簌簌剥落，最后，竟变成一张皱巴巴的苍老的脸。她的脸上横七竖八地爬满了皱纹，就像一块干枯的老树皮。这才是黑巫师莫哈的真实面孔！

黑巫师露出满口黄黑不齐的牙齿，勾起一个邪恶的笑容：“我等的就是你，特蕾娅公主！”

“特蕾娅公主，小心！”莱茵奥特着急地高喊。

特蕾娅心头一颤，正要拿出魔法棒，但动作慢了一步，黑巫师狞笑着一把掐住了她的手腕！枯瘦的手指如铁钳般有力，又长又尖的黑色指甲直直地掐进了她的皮肤！

“放开我！”特蕾娅用力挣扎。这时，一阵尖锐的刺痛从手腕处传来，她眉头紧皱，额头冒出无数豆大的汗珠。伙伴们见状，纷纷将魔法棒对准了黑巫师。“嗖嗖嗖！”几道冲击波在空中纷纷炸开了花，仿佛有堵无形的墙屏蔽掉了所有攻击。

莱茵奥特伸手摸向无形的屏障，不敢相信地叫道：“她在这里设好了黑暗结界！我们的攻击对结界无效！”

一道黑暗结界将特蕾娅和伙伴们分隔开来，置身结界内的还有不知所措的塔拉公主。

“这可怎么办呀！特蕾娅！”布雷拍打着结界，冲里面的特蕾娅焦急地高喊。

这是个陷阱！黑巫师放他们进来就是为了这一刻！原来一切都是为她设下的圈套！特蕾娅恍然大悟，又惊又气地质问黑巫师：“原来你做了那么多都是为了给我布下这天罗地网！派阿尔斯兰在人类世界拦截我的就是你吧？你给塔拉公主施了沉睡咒，又引我俩进来，动那么多心思就是为了对付我？”

“你只说对了一半，塔拉公主一直都不希望你活在这个世界上，我不过是按照她的意志继续完成这件事罢了。本来塔拉公主对我言听计从，可以说我已经掌握了塞尔西亚国的绝对权力。偏偏你出现了，一些老臣对你这个素未谋面的家伙寄予厚望，背着我们偷偷去了人类世界。我让塔拉公主派人前去拦截，阻止你回魔法大陆，没想到，你到底还是回来了。你一露面，那些老臣也敢不听我的号令，我只好想办法除掉你，只有你不在，塔拉公主才会乖乖地任我摆布。”黑巫师“嘎嘎”地冷笑，干巴巴的笑声好像失去水分的枯树枝在风中颤抖。

“你把那些老臣怎么样了？”特蕾娅忍着痛问。

“这些快入土的老家伙总是跟我作对，不过现在，他们可是我最好的人质，呵呵！”黑巫师冷冷地笑道。

“你这个浑蛋！你敢动他们，我发誓我就算拼尽最后一口气也会跟你斗到底！”特蕾娅沉下脸大喝。旁边的塔拉公主也气白了脸，咬牙骂道：“你这个老巫婆！你敢伤害我的族人，我死都不会放过你！”

黑巫师的眼睛眯成了狭长的一道，狞笑着：“没想到塔拉公主会跟特蕾娅公主站一起，真让人意外啊！你不是一直希望没有特蕾娅这个人吗？我替你除掉她不是很好吗？”

塔拉公主顿时脸色煞白，恼怒地叫道：“我的事不用你管！快放了我的族人！”她气呼呼地想要冲过来帮忙，但是，她刚移动一步，黑巫师的魔法棒就射出一道冲击波击中了她的膝盖。“啊！”她发出一声痛叫，“扑通”跌倒在地。

“你这个……浑蛋！”特蕾娅气极了，早已握紧的拳头用力朝黑巫师打去，“砰”的一声，击中黑巫师的下巴。黑巫师被强烈的惯性推出几步远，重重地摔到地上。

特蕾娅忍着刺痛的右手抽出腰间的魔法棒，直指黑巫师：“只要有我在，我绝不允许黑巫师在塞尔西亚国立足……赫赫巴斯，去！”一道凌厉的冲击波“啪”地击中了黑巫师。然而，特蕾娅吃惊地发现，被冲击波击中的黑巫师脸上露出蛇皮一般的鳞片，渐渐地，她的脸幻化成了可怕的巨蟒的头，“嗖”地一下，一条巨蟒从黑色的衣裙中飞出，高高地跃向空中。随即，一股阴森森的气息迅速蔓延开来。

“怎、怎么会这样？”特蕾娅望着高昂在空中的巨大蛇头，当场吓傻了，她僵在原地，只觉得手脚冰凉，全身的血液直往头顶冲去。巨蟒张着血盆大口，四颗锋利的尖牙在黑暗中闪着死亡般的寒光，细长的红色芯子在空中微微颤动。

“啊——”塔拉公主发出了声嘶力竭的尖叫，她手捂着眼睛，浑身颤抖不止。伙伴们在结界外急得团团转，却无能为力。

巨蟒眼中闪着凶残的光芒，朝特蕾娅缓缓逼近，特蕾娅的腿肚子不停地打战，额头冷汗涔涔，手抖得几乎快要抓不住魔法棒了。完蛋了，她会被巨蟒缠住绞成一摊肉泥的！“受死吧，特蕾娅公主……”黑暗中，一个低沉嘶哑的声音飘进了特蕾娅的耳朵，更是加剧了特蕾娅心头的恐惧。

突然，巨蟒朝特蕾娅扑过来，以迅雷不及掩耳之势，一口咬在了她的喉咙处。特蕾娅感觉脖子一阵剧痛，她看见巨蟒的眼中映出她惊恐的脸。特蕾娅想逃，但是双腿像灌了铅似的动弹不得，喉咙也因被巨蟒咬住，无法出声。此时此刻，没有人能来救她，特蕾娅感到了前所未有的绝望。

特蕾娅感觉体内的鲜血在汩汩地向外流淌，全身就像浸泡在令人颓靡的药水中，丧失了所有行动能力。她什么也做不了，只能眼睁睁地等着自己流尽最后一滴鲜血……

“特蕾娅公主……集中心神……再给她最后一击！”莱茵奥特的声音好像从遥远的地方飘来似的，时断时续。她还有机会吗？特蕾娅艰难地缓缓握紧魔法棒，恍惚中，看见可怕的巨蟒正咧着沾满鲜血的嘴巴冲她狞笑，似乎在嘲笑她的软弱无能，特蕾娅心里不知哪里来的一股勇气，拼尽全部力气抬起魔法棒指向巨蟒，扯着干痛的嗓子吼出一句攻击咒语：“赫赫……巴……斯，去！”特蕾娅念完咒语后，灵魂好像被抽空了一样，“扑通”一声瘫倒在地，魔法棒也掉在了地上。

“啊！”黑暗中传来一声惨叫，“噗”地一下，巨蟒的身影消失了！黑巫师倒在地上，手捂着肩膀疼得缩成一团。特蕾娅微微睁开了眼睛，不敢相信地看向黑巫师，怎么回事？刚才的巨蟒是黑巫师幻化出来的幻象？

“你这个可恶的臭丫头！”黑巫师恶狠狠地咒骂，从地上爬起来，挥着魔法棒就要复仇。就在这时，黑暗中蹿出一团金色的影子，“嗖”地扑向黑巫师，“吭哧”一口狠狠咬在黑巫师的左耳上。原来是一直缩在角落里的咘咘！

黑巫师痛得嗷嗷直叫，一把抓住咘咘狠狠地往地上掷去：“滚开，你这个下等生物！”

特蕾娅深吸一口气，抓住这个难得的机会，来不及起身就一连朝她射出好几道冲击波：“赫赫巴斯，连环波，去！”

黑巫师被冲击波推出几米远，摔到了地上。什、什么？黑巫师挣扎地抬起头看去，竟然被特蕾娅眼中强烈的战意吓住：“可恶！这个小丫头身上怎么会有如此……顽强的斗志……之前我明明摧垮了她的意志……”

原来莫哈跟擎鸦一样，只会用幻术控制人的意识！识破黑巫师手段的特蕾娅捂着受伤的脖子，勾着嘴角冷笑：“臭巫婆，还有什么诡计快点儿使出来，我要是害怕就算我输！”

黑巫师狠毒的目光忽闪两下，瞬间化作一团黑雾，一只巨大的黑乌鸦从黑雾中飞出，“哗啦”一声，撞破玻璃窗，歪歪斜斜地飞了出去。黑巫师变成黑乌鸦的那一刻，笼罩在水晶宫里的所有的魔法连同结界一同消失了，所有人都恢复了正常。

“干得好！特蕾娅这次把黑巫师打出了原形，真是痛快！哈哈！”安浦路斯挥舞着拳头欢呼。

帕特罗特解气地哼道：“莫哈那个老东西，一直没安好心，早该把她赶走了，留在这里只会把皇宫搅得一塌糊涂！”

咘咘奔回主人的肩头，雀跃地“叽咕叽咕”直叫。

“哐当”！水晶宫的殿门被人从外面推开，多铎带着卫兵从外面匆匆冲进来，当看到变成老人模样的塔拉公主时，吃了一惊：“塔拉公主？您、您怎么变成这副样子了？谁干的？”塔拉公主忙用手挡住脸，不敢让臣民们看到自己苍老的模样，偷偷地抹眼泪。多铎仿佛猜到了什么，抬手朝特蕾娅这边一指，冷冰冰地喝道：“来人，把他们给我抓起来！”

“喂，有没有搞错？我们刚刚帮你们赶走了黑巫师，你们不谢我们就算了，还要把我们抓起来！”特蕾娅瞪着眼睛，忍不住大声争辩。

布雷慌忙举手申辩：“就是！跟、跟我们无关啊！这一切都是黑巫师干的！不信你可以问其他人，大家都看见了啊！”

维维亚娜抱着双臂，皱着眉头轻哼：“说那么多没用，他们才不要听真相，他们的目的就是把我们控制起来！”

一大群训练有素的卫兵，很快将特蕾娅等人团团围了起来。莱茵奥特和布雷正扶着摇摇欲坠的特蕾娅，见此情形，迅速和亚力克将两位公主护在身后，摆出随时准备战斗的姿态。一时间，刚刚缓和的气氛再度紧张起来……

第十三章

交易与黑暗之门

“咔啦啦！”门上方的彩色转盘转动到黑色区域处停了下来，多铎推开门，一股凛冽刺骨的寒气扑面而来。特蕾娅立在门口向外望去，夜空中飘浮着一团团海藻状的乌云，黑压压地笼罩在阿尔菲利亚山上……

特蕾娅前脚刚将黑巫师赶走，后脚就被闻风赶来的王宫侍卫长多铎的卫兵围了起来。安浦路斯见状，急忙上前制止卫兵们：“等等，这肯定与他们无关！一定是莫哈干的！莫哈伪装成塔拉公主的模样干尽了坏事呀！”

“我们都看到了，是占卜师莫哈假扮成塔拉公主在这里为所欲为，多亏特蕾娅公主将黑巫师赶跑了！”

“特蕾娅公主初来乍到，怎么可能会加害塔拉公主，她们是同血缘的姐妹呀！”

“我们应该感谢特蕾娅公主，是她救出了塔拉公主！”

老臣们纷纷上前为特蕾娅一行人求情。听到他们的解释，多铎吃惊地转向塔拉公主：“是真的吗？公主？”

“这、这个……”塔拉胸膛剧烈起伏，动了动嘴唇想要说什么，但话到嘴边还是没说出口，她似乎有什么顾虑，双手紧紧揪着胸前的衣领转过身，拒绝回答这个问题。

见公主吞吞吐吐，多铎立马心领神会，他点了下头，淡淡地说：“塔拉公主，这件事您无须费心，还是交给属下处理吧！”说完，果断地一挥手，“全部抓起来！”

“住手！”卫兵们刚要动手，帕特罗特愤怒地高喝一声，“特蕾娅公主是我们塞尔西亚国未来的继承人，你要抓她，先过了我这一关！我倒要看看，你们谁敢动手！”帕特罗特从人群中走出来，挺直胸膛挡在特蕾娅一行人前面。

“帕特罗特先生，您身为王冠保管人，弄丢了王冠不去找，反而在这里干涉宫廷事务。您管得是不是太多了！”多铎无惧帕特罗特的威胁，面无表情地说道。

安浦路斯见气氛要闹僵，忙站出来调停：“大家都冷静一下，事出突然，我们先搞清楚事情的来龙去脉才好定夺，这件事只有塔拉公主心里清楚，还是听听塔拉公主的说法再做决定比较好！”安浦路斯转向塔拉公主，口气温和地询问：“塔拉公主，事实究竟如何，得由您说句公道话。”

所有人都将目光投向了塔拉公主，她的话将直接影响多铎的行动。众目睽睽之下，塔拉公主却没有勇气转过身来，犹犹豫豫地吞吐道：“这个……我、我……”

看到塔拉公主迟迟不敢道出真相，特蕾娅一颗心直往下沉，她眯起眼，不满地低声说道：“真搞不懂这件事有什么不好说的？这么不痛快！”

维维亚娜一直冷眼旁观，隐约猜出了几分原因，低声冷笑：“你还看不出来吗？塔拉公主并不想道出事实，替你解围等于给她增加一个竞争对手，她可比你心机重得多！”在众人不断地催促下，塔拉公主额头冒出细汗，就在这时，意外地，一个清亮的声音响了起来。

“这里好热闹啊！我来得很是时候嘛！”一位少年大踏步走了进来。浅蓝色的披肩卷发，宽松飘逸的宽袖白袍和闪耀璀璨的珠宝佩饰将来人衬托得潇洒脱俗。是阿尔斯兰！

“听说特蕾娅公主把黑巫师赶走了，是真的吗？看来让乌衣社阻止特蕾娅公主进入魔法大陆应该不是塔拉公主的主意喽！像塔拉公主这样心地善良的人做不出此等绝情的事。”

“你来做什么？”多铎皱着眉头冷冷地道。

阿尔斯兰微笑着，带着一股玩世不恭的痞劲儿抛了下手中的苹果，咬了一口，将头转向特蕾娅：“喂，我是受人之托过来找你们收账的，有人正在宫殿外可怜巴巴地等着呢！”

听了他的话，多铎立刻明白了，原来是阿尔斯兰和西奥多船主合谋将特蕾娅一行人偷偷送入了宫，他不悦地瞪了一眼这个喜欢多事的弟弟，将头转向塔拉公主：“塔拉公主，您无须顾忌任何人，无论谁威胁到了您的安危，属下都会按律严办！哪怕是皇室贵胄，触犯律法一样要接受惩罚，更何况还是一群来自人类世界的不知底细的麻瓜。”

一边是众臣的目光威迫，一边是多铎的催促和暗示，一时纠结的塔拉公主突然抱着头，夸张地叫起来：“哎哟哟，我的头好疼……我要去休息……”多铎立刻招过两名侍女扶公主回寝宫。公主还没说出事情原委就离去，安浦路斯冲着塔拉公主的背影急得跺了下脚：“公主，您不能走啊！”

多铎转身面向众臣，神情淡然地说道：“公主身体欠安，等她养足精神再做定夺，诸位大臣没有意见吧？”众大臣你看看我，我看看你，一时谁也没有提出反对意见。多铎嘴角勾起一个诡异的笑，简洁地发话：“在没有定夺之前，这些人作为嫌疑犯还是需要严密看守。来人，带他们下去！”多铎冷冷地说完，大踏步离去。

众臣虽然不赞同多铎的做法，但是碍于没有过多的权限干涉他的工作，只好暂时作罢。安浦路斯跟帕特罗特那些老臣除了发几句牢骚也无能为力。

一刻钟之后，特蕾娅他们被卫兵带到有皇家重兵把守的地牢。这里昏暗冰冷，随处可见魁梧的卫兵。特蕾娅越想越恼火，气得在狭小的地牢里走来走去，满脸激愤地念叨：“气死我了！塔拉公主这时候躲起来装病是几个意思？我们救了她，却落得这个下场！还有那个多铎，他话里话外分明想让塔拉置我于死地，我就不明白了，他跟我到底有多大的仇啊！”

靠着栏杆的布雷不知想到什么，心惊地倒吸一口凉气：“妈呀！你们说，那个塔拉公主该不会故意不说，好借机把你……”说到这儿，他做了个手起刀落的手势。

维维亚娜盘腿坐在地上，百无聊赖地托着下巴哼道：“你们总算看出来了，她没有马上说出真相，显然心里打着小算盘，好在她多少还有点儿良心，不然也不会那样纠结了。只要她不发话，多铎暂时还不敢拿我们开刀。”

这时，走廊里传来了脚步声，伙伴们立刻停止了谈话，扭头朝外面看去。只见多铎举着蜡烛走进了地牢，他的身后跟着一位黑衣人，一看到他，特蕾娅和维维亚娜意外地脱口而出：

"雷奥纳多！"莱茵奥特脸色微变，眼神瞬间变得锐利无比。咘咘也冲着雷奥纳多露出一口锋利的细齿。伙伴们这才明白，原来雷奥纳多的上级是多铎，他们是一伙的！

"我还以为你这位骑士学院的高才生有多么清高，原来不过是别人的走狗，志向还真的挺远大呢！"特蕾娅一看到雷奥纳多就气不打一处来，故意挖苦他。但没想到雷奥纳多丝毫不以为意，反而抱着双臂笑着说道："这话就不对了，我效忠的人怎么也是名正言顺的塔拉公主，倒是你，被关入地牢的麻瓜公主，若有人向你效忠才滑天下之大稽呢。"

亚力克听出雷奥纳多的言外之意，不安地朝莱茵奥特看去，莱茵奥特神情淡然，似乎并没有把雷奥纳多的话放在心上。

"尽管老臣们都尊称你特蕾娅公主，但是对我而言，塞尔西亚国的未来继承人只有一个，那就是塔拉公主。"多铎将手中的蜡烛放在地牢的角桌上，泰然自若地在椅子上坐下来，语气淡然地说："我今天来，是想跟你们做个交易。只要特蕾娅答应我一件事，我就放了你们。"

"让她答应你什么事？"布雷接口道。

"只要特蕾娅对外宣称放弃王位继承人的身份，我就放了你们。而我会对外宣称由于特蕾娅不小心弄丢了帕特罗特的王冠，自觉有愧，自愿流放人类世界，从今以后不再踏入魔法大陆。如果你们拒绝合作，按照我们塞尔西亚国的律法，麻瓜擅自闯入皇宫是死罪一条，我不得不当着你们的面，处决那个麻瓜！"多铎冷冷地说道，细长的手指朝特蕾娅身旁的布雷指去。布雷吓得不禁打了个哆嗦。

特蕾娅用拳头重重捶了下栏杆，激愤地反诘：“浑蛋！帕特罗特先生的王冠明明是你让雷奥纳多夺走的，凭什么说是我弄丢了？你们这是栽赃陷害！”

多铎交叉着双手坦然地点了下头，不紧不慢地说道：“没错，那顶王冠的确是我授意雷奥纳多拿走的，不过王冠并没有落在我们手里，而是被假冒塔拉公主的黑巫师拿走了。按照继位传统，没有王冠塔拉公主就不能如期举行继位大典。所以我需要一个让天下人信服的借口。只要大家知道是你把王冠弄丢的，就没人会在意继位大典时塔拉公主头上的王冠是不是传位王冠了。所有的事情我都告诉你了，接不接受这个条件，由你决定。我要提醒你一句，那个麻瓜的命掌握在你手里。”

特蕾娅面色苍白地低下头去，伙伴们见特蕾娅半晌没有吭声，都焦急地朝她看去。布雷一个劲儿地催促：“特蕾娅，你千万不要受他挑拨，放弃属于你的东西！”特蕾娅低着头，过了许久，才闷声问了一句：“我想知道，那个跟我有血缘关系的姐姐跟你是一样的心思吗？她也不希望再见到我？”

“作为一国之主，塔拉公主还不够心硬，所以我要助她顺利登上王位。”多铎对塔拉公主有多用心，对待他们就有多无情，这令伙伴们心里很不舒服。这下，特蕾娅终于明白自己的存在对塔拉公主意味着什么，为什么多铎会不遗余力地帮助她对付自己。特蕾娅想了很久，缓缓吐出三个字：“我同意。”

“你疯了！你怎么可以轻易放弃属于你的东西！”维维亚

娜大步冲过来，冲特蕾娅大声质问。

“在我离开之前，我想做一件事，就当是送给塔拉公主临别时的礼物吧。”特蕾娅仿佛变了个人似的，一脸平静地说道。特蕾娅最后提出的愿望是：替塔拉公主找回失去的王冠。她的愿望出乎所有人的意料，就连多铎都对她审视再三，似乎有些猜不透她的想法，最终同意了她的要求。伙伴们猜测黑巫师计划失败一定会回黑魔头的老巢复命，多铎根据女王传授的经验，告诉伙伴们黑巫师必定从赫尔经过，那里是一个常年被冰雪覆盖的黑暗地带，地处塞尔西亚国的西北边境，而水晶宫那扇神奇的门恰好可以直接抵达赫尔。

“只许你一个人带骑士去，如果你逃走，我会立刻处决你的朋友！”为了防止特蕾娅耍花招，多铎特意扣留了她的朋友们。士兵将特蕾娅和骑士从牢里带出来，押着他们前往水晶宫。当特蕾娅和骑士的身影消失于拐角处，一直偷听他们对话的塔拉公主从黑暗中走了出来，她微蹙着秀眉，眼底流露出浓浓的不安。她颤巍巍地抬起一双枯瘦的手，她的手指甲又长又尖，已经呈现出可怕的紫黑色。

“咔啦啦！”门上方的彩色转盘转动到黑色区域处停了下来，多铎推开门，一股凛冽刺骨的寒气扑面而来。特蕾娅立在门口向外望去，夜空中飘浮着一团团海藻状的乌云，黑压压地笼罩在阿尔菲利亚山上，山内外雾气缭绕，看不清山的全貌。

“当年叶塞尼娅女王从不让任何人开启转盘中的黑色区域，说那是黑暗之门，所以至今都没人知道下面的事情。既然你坚持要做这件事，我破例为你开启两个小时，时间一到，我会永远封闭这扇门。”多铎说完，突然在特蕾娅身后一推，毫无防备的特蕾娅一个跟头跌了下去。

“啊！”“特蕾娅公主！”特蕾娅的尖叫和莱茵奥特的惊呼声同时响起。眼疾手快的莱茵奥特及时抓住了特蕾娅的手，两个人一同坠了下去。凛冽的风如同刀子一般割着两个人的面庞，自由落体带来的恐惧感排山倒海般袭来，特蕾娅的心几乎跳到了嗓子眼儿，她紧紧抱着莱茵奥特的腰，把他当成了临死前最后一根救命稻草。莱茵奥特在落地前，用魔法棒减弱下降速度，两个人平安落到了地面。

特蕾娅睁开眼睛喘息着环顾四周，除了积雪、稀稀落落的松柏、嶙峋的险峰和峭壁外几乎看不到其他景物。她抬头朝上方望去，只见悬崖的顶端隐约可见一扇与雪同色的门，不仔细看很难发现，没想到他们是从那么高的悬崖上跳下来的。“叶塞尼娅女王为什么要把一扇门安在那么危险的地方？莫非这里是什么重要的战略地点？”特蕾娅不解地问道。

“我也不太清楚，叶塞尼娅女王雄才大略，我想她这样设置一定有她的用意。”莱茵奥特耐心地说道，“我们最好找一个易埋伏的地方，等黑巫师经过的时候好打她一个措手不及。”两人在附近细细搜索，很快找到一处背风又易观察敌情的山体缝隙。特蕾娅躲在缝隙里，一边探头望着外面，一边搓着冻得通红的手指，说道：“万一黑巫师不从这里经过，那我们岂不白等了。在这里冻上两个小时真要把人冻成冰棍儿了。”

“嘘，来了！”莱茵奥特竖起手指示意小点儿声，两个人躲在暗处偷偷观望。不久，一道人影从薄雾中渐渐走了出来，她手里拄着拐杖，在雪地里深一脚浅一脚地艰难跋涉，黑色披风被风吹得猎猎作响，一头乱糟糟的灰色头发被寒风东拉西扯，样子别提多狼狈了。特蕾娅定睛细看，果然是他们要找的黑巫师莫哈！她一边走，一边骂骂咧咧地说着什么，因为距离有些远，他们听得不是很真切。

特蕾娅和莱茵奥特相互对视，点了下头，特蕾娅拉下隐形衣的兜帽戴在头上，瞬息间，她的身影隐没了。洞口处出现了一行脚印，莱茵奥特跟在脚印的后面，悄悄地向目标靠近。特蕾娅轻手轻脚地走出躲藏地，同时从腰间抽出魔法棒准备给黑巫师来个突袭。

谁知，特蕾娅正准备下手时，一直着急忙慌赶路的黑巫师突然刹住脚步，她侧着头，屏息倾听着什么，一双精明的眼睛微微眯起，里面放射出邪恶的光。“天真的特蕾娅公主，在我面前玩这种小把戏，你以为我这个占卜师的名头是假的吗？”黑巫师脸上浮起了恶毒的笑。

什么？黑巫师能看到她？特蕾娅吃了一惊。黑巫师猛地扬起手中的拐杖，将拐杖龙头对准特蕾娅，一道刺目的冲击波闪电般地朝特蕾娅射去。“啊！”特蕾娅发出痛呼，身体被冲击波击飞，撞到了旁边的岩壁上，手中的魔法棒也掉到了一旁。头上隐形衣的兜帽向后滑落，失去隐形能力的特蕾娅瞬间暴露在黑巫师面前……

第十四章

誓死夺回王冠

迎上塔拉公主含泪的目光，特蕾娅的心瞬间软了，感动地点了点头。姐妹两人在热烈的掌声中拥抱在了一起。特蕾娅凭借着她的努力和真诚，赢得了塔拉公主真诚的接纳，也赢得了满朝大臣的赞赏。

特蕾娅本想搞一次偷袭，不料她的行动竟被黑巫师一眼识破，反而遭到了黑巫师的迎头痛击。好快的动作，根本来不及防备……撞到岩壁上的特蕾娅感觉全身的骨头都快碎了，五脏六腑也搅成了一团，痛得她无法呼吸，浑身抑制不住地颤抖。

吃了暗亏的特蕾娅捂着胸口，挣扎着要起身，倏地，眼前掠过一道白影，竟是一根闪着寒光的金属尖刺！当特蕾娅看到那个东西，顿时倒吸一口冷气，背后渗出了一身冷汗。黑巫师手持拐杖，将拐杖底部那根锋利的金属刺威胁般地抵在特蕾娅的喉咙处，黑巫师喘着粗气，愤怒地瞪着她，似乎恨不得将她撕个粉碎。特蕾娅全身僵硬，一动也不敢动，生怕一个轻轻的颤抖都会让那根尖刺无情地戳穿她的喉咙！

“特蕾娅公主！”莱茵奥特惊声大叫。

黑巫师看到莱茵奥特要冲过来，立刻将手中的拐杖举高，作势欲刺，莱茵奥特慌忙刹住脚步停在了原地，生怕激怒黑巫师而伤害到公主。

看到此举震慑住了主仆两人，黑巫师的眼睛猫儿似的眯了起来，扯着干瘪的嘴角狞笑：“该死！我差一点儿就着了你们的道！死丫头，你以为这点儿把戏就能瞒过我的眼睛？不过，我倒很好奇，从塞尔西亚皇宫到这里至少有一天的行程，你们是怎么突然出现在这里的？说！”黑巫师深褐色的眼瞳中露出凶光，仿佛下一秒就要用尖锐的金属刺结束特蕾娅的生命。

“你怎么困禁塔拉公主的，我们就是怎么来的。你不会不知道答案吧？”特蕾娅脸上冷汗涔涔，强作镇定地说道。

“什么？你是说，你们启用了那扇时空之门？不可能！塔拉公主怎么会允许你们使用那扇门？”黑巫师面色发白，气急败坏地冲她嘶吼。

黑巫师似乎很在意这件事，她一直处心积虑地分裂她们，分明想从中坐收渔利。特蕾娅心头一动，咧着嘴巴浅笑：“那有什么奇怪的，我们可是亲姐妹呀，血浓于水，我们之间无论有什么误会最终都会消除的。现在塔拉公主对我很好，她已经把所有的秘密都告诉我了，所以我出现在这里也不算什么奇怪的事……”

信以为真的黑巫师一想到自己辛辛苦苦维持的现状被一夕倾覆，气得浑身发抖，额头凸起一根青筋。不等特蕾娅把话说完，她就尖叫着：“不！这不可能！那个愚蠢的塔拉公主，她怎么能轻易相信别人！她分明头脑简单、愚蠢至极！”

太好了，激怒她了！特蕾娅的嘴角泛起一丝浅浅的笑。

气昏了头的黑巫师注意到特蕾娅脸上浮现出得逞的笑，猛然意识到自己中计了！她目露凶光，握紧拐杖，咬牙切齿地叫嚣：“可恶！你这个狡猾的丫头！”说着，举起尖刺朝特蕾娅的喉咙用力戳下去！

眼见尖刺朝自己刺来，特蕾娅吓得一声尖叫，忙紧闭双眼。谁知，可怕的尖刺并没有刺下来，却有一股妖娆的香气萦绕鼻尖。咦？怎么回事？特蕾娅睁眼一看，身躯一震，不禁惊恐地睁圆了双目，只见那条消失的巨蟒又出现了！

原来，莱茵奥特趁黑巫师气昏头时，朝她举起了魔法棒。受到威胁的黑巫师立刻改变了攻击目标，她幻化出巨蟒，急速地冲向莱茵奥特。莱茵奥特躲闪不及，被巨蟒的尾巴甩飞出去。此刻巨蟒又张着血盆大口，向特蕾娅急蹿而来。特蕾娅的心脏一阵紧缩，恐惧像一双大手紧紧扼住了她的心神，她手指颤抖地抓起了魔法棒：“不、不要怕，它只是黑巫师幻化出来的影像……只要打败它，一切都会消失……赫赫巴斯，去！”特蕾娅拼尽全力朝那条巨蟒射出一道冲击波。

巨蟒灵活地一闪，轻而易举地避过了冲击波，转眼间蹿到了特蕾娅的跟前。它高高地昂起巨大的三角头颅，居高临下地俯视着她，一对蛇眼闪着凶残的光芒。一旦蛇头昂到空中呈静止状态，就是要发动攻击了！特蕾娅心头警铃大作，挥起魔法棒抢先向它发动攻击：“赫赫巴斯，连环波，去！”放出一道冲击波后，特蕾娅猝然跃起，朝悬崖方向奔去。

“特蕾娅公主，危险！不要跑！”莱茵奥特的惊叫声从后面传来。

不行，她已经被黑巫师盯上了，没办法回头了，她只有想办法除掉巨蟒才有生路！“哎呀！”特蕾娅没跑出几步，冷不防被脚下突出的岩石绊了一下，骨碌碌地顺着斜坡向下滚去，直到撞上一块岩石才停了下来。一阵钻心的刺痛传来，她的膝盖被岩石棱角划破了，衣裙被迅速渗出的鲜血染红了一小片。特蕾娅顾不得伤势，喘息着转身一看，那条巨蟒已经追到了近前。特蕾娅的心倏地堵在了嗓子眼儿，全身的血液似乎都在这一刻凝固了。完蛋，没路了……

特蕾娅吓得手脚并用地向后退，完全忘记她身后三米远就是万丈悬崖了。巨蟒吐着细长的红色芯子，慢条斯理地游向她。看着它那三角形的大脑袋向自己凑近，特蕾娅害怕得全身像筛糠一样剧烈地颤抖。巨蟒猛地向前一扑，一下子将特蕾娅缠住，她能清楚地感受到蛇身正在用力地收缩，像绞盘般越收越紧，几乎勒得她快要喘不过气了。特蕾娅骇然大惊，立刻意识到自己面临的巨大危机，她拼命挣扎，试图从巨蟒的缠绕中脱身。

“特蕾娅公主，不要动！小心摔下去！”一个熟悉又焦急的声音在她的耳畔响起。

莱茵奥特？特蕾娅震惊地瞪向与她相对的巨蟒的头颅，简直不敢相信自己的耳朵。这是真的，还是她的幻觉？巨蟒眼睛和鼻孔间的颊窝处微微翕动，似乎在对她说话。

“特蕾娅公主，那是你的幻觉，我才是莱茵奥特！”瘫倒在不远处的莱茵奥特撑起身子，冲这边急声高喊。

听了他的话，特蕾娅握紧魔法棒毫不犹豫地朝巨蟒身体用力刺去，咬牙念道：“防御盾！”她的话音一落，从魔法棒顶端爆发出一股巨大的冲击波，呈环形向四面八方扩散。

"噗——"一股热血从巨蟒身上被刺破的地方喷射而出，巨蟒痛得发出一声惨叫，缠绕特蕾娅的身体松弛了许多，特蕾娅刚要后退，殊不知，伸手撑地时手下一空，上半身猛地向后仰去。糟了！特蕾娅突然意识到自己到了悬崖边缘，她惊叫着，身体不受控制地朝悬崖下跌去……

千钧一发之际，巨蟒猛地张开嘴巴，将头伸到崖下一口叼住了特蕾娅的衣领，一甩头，将特蕾娅扔回崖上，失去力气的巨蟒像断了线的木偶瘫倒在特蕾娅身边。特蕾娅被刚才的险情吓得心脏漏跳了一拍，好半天才从惊吓中回过神，刚刚是巨蟒救了她吗？她的脑袋乱糟糟的，彻底迷茫了。巨蟒不是要杀她吗？为什么又要救她？这到底是怎么回事？越来越多的谜团在内心深处涌动……难道有什么地方被她搞错了？

特蕾娅抬起颤抖的手缓缓摸上巨蟒光滑的身躯，手下的触感让她一惊，是温的！指尖好像还摸到了丝丝缕缕的头发……特蕾娅低头一看，眼前的情形惊得她倒吸了口冷气，倒在她身边的竟然是她的骑士！

"莱茵奥特！"她惊呼出声，挣扎着站起来，将他的身体翻转过来，他的肩头被鲜血染湿了一大片，看伤口分明是被防御盾的冲击波所伤……他竟然是那条巨蟒！

特蕾娅抬头朝对面望去，原来瘫倒在不远处的"莱茵奥特"正裹着黑披风慌里慌张地逃跑。该死！上当了！特蕾娅恍然大悟，这一切都是黑巫师所为，她又中了黑巫师的摄魂术！她愤怒地拿起魔法棒朝黑巫师一指："赫赫巴斯，定！"黑巫师的两条腿瞬间被定在了雪地中，动弹不得。这时，一只手覆上了特蕾娅握着魔法棒的手背，特蕾娅低下头，顺着手臂望去，正好跟莱茵奥特望过来的目光对上。

莱茵奥特虚弱地一笑："别管我，快把王冠要回来。"

特蕾娅终于如愿夺回了王冠，当她通过时空之门重新回到水晶宫时，所有人都被主仆二人伤痕累累的模样惊到了。

"特蕾娅！"维维亚娜惊叫了一声，领着布雷和亚力克快步迎上前，"发生了什么事？你们怎么弄得这么狼狈？"

维维亚娜肩头的咘咘擦着湿漉漉的眼睛，飞扑到主人身上，抱着她哇哇大哭："咘咘以后再也不离开主人了，主人在哪儿咘咘就在哪儿！呜呜呜！"

"没关系啦！我这不是平安回来了嘛！"特蕾娅冲维维亚娜浅浅一笑，扭头看向肩头的咘咘，疼爱地拍了拍它的小脑袋。她抬起头，从一大群满眼关切的贵妇大臣间看到了帕特罗特，她忍着满身的疲倦和疼痛一瘸一拐地走过去，将从黑巫师那里得到的手掌大小的油画照片交还给帕特罗特先生。

帕特罗特一怔，赶紧接过油画照片看了又看，惊喜地连声叫道："没错，就是它！太好了！总算完整地回来了！"

油画照片里是一幅欧洲文艺复兴时期的画作描摹《扫尔庭圣母像》，里面的圣母慈爱地看着怀里的幼子，两个小天使一起将华丽的王冠戴在圣母的头上，描绘了一幅母子情深的图景。帕特罗特用魔法棒在上面轻轻一点，一顶金灿灿的镶嵌着宝石的王冠从照片中浮现出来。看到险些丢失的王冠重新回到帕特罗特手中，所有人都长舒了口气。

特蕾娅步伐艰难地走向神情复杂的塔拉公主，从兜里掏出一只黑色的小瓷瓶递给她。

“这是……”塔拉公主不解地看着她。

“这是解药。黑巫师骗你喝下的酒水中掺了变形药水，三天内不服解药的话，你会不断黑化，先是变老，然后心也会被药水侵蚀，直到变成被黑巫师控制的傀儡。”这些话是黑巫师为了保命而告诉她的秘密，最后特蕾娅依照承诺放了黑巫师。

听完特蕾娅的话，塔拉公主慌忙夺过药水，仰头一口灌了下去。因为喝得太急，塔拉一连咳嗽了好几下。

“王冠已经替你找回来了，我衷心祝愿你的加冕典礼能够顺利举行。”说完后，特蕾娅掩去眼中的落寞，故作轻松地说道，“好了，我答应的事都办完了，我也该走了。”特蕾娅冲塔拉公主身边的多铎点了下头，转身欲走。

周围一群王公大臣露出了意外的表情，帕特罗特和安浦路斯急忙上前阻拦：“特蕾娅公主，您这就要走吗？何不在母国多留几日，您难得回来一次。”

“不要了，在我看来，这里还不如我们那里好玩呢，就这样告辞吧！”特蕾娅微笑着冲大家招了招手，在布雷的扶持下转身朝外走去。

“……小妹！”塔拉公主不顾多铎的阻拦，拎着裙摆快步向前走了几步，急切地唤道。特蕾娅停下了脚步，回头看去，塔拉公主小跑过来，握住她的手，满眼愧疚之色，还没开口已泪如泉涌。“对不起，原谅我的自私和愚蠢，希望你能留下来，这儿也是你的国家啊！”

塔拉公主一开口，所有的贵族臣子们都跪了下去，低头俯身，向公主行觐见礼。这、这是……承认她了吗？特蕾娅的心怦怦直跳，没想到大家会以这样的方式接纳自己。迎上塔拉公主含泪的目光，特蕾娅的心瞬间软了，感动地点了点头。姐妹两人在热烈的掌声中拥抱在了一起。特蕾娅凭借着她的努力和真诚，赢得了塔拉公主真诚的接纳，也赢得了满朝大臣的赞赏。她正式成了塞尔西亚皇室中的一员。

漫长的黑夜终于过去了，当清晨第一缕阳光落在水晶宫的阳台上时，特蕾娅公主归来的消息已传遍了整个塞尔西亚国。花香阵阵，鸟鸣声声，奔波了一夜的特蕾娅此刻却没了困意，她悠闲地趴在露天阳台上眺望母国的美好河山。

看到楼下有着浓郁的文艺复兴时期风格的雕像，特蕾娅突然想起什么，扭头问道：“安浦路斯先生，为什么这里的人好像都很喜欢人类世界文艺复兴时期的画？有什么特别的原因吗？”

“如果公主了解魔法大陆的历史就不会觉得奇怪了。魔法大陆的文明鼎盛时期正好是人类世界的文艺复兴时期，那时界门刚刚建立，很多人都喜欢往那边跑，去一趟人类世界就像出个门一样简单。我们受欧洲文艺复兴的影响很大，从礼仪到服装，到字画的鉴赏等。后来黑魔头的势力渐渐壮大，他发现了界门的存在，不断侵扰我们的生活。为了保护人类世界，我们不得已关闭了很多界门，只保留了那些位于偏远艰险之处的天然界门。虽然现在人类世界科技发达，但我们始终对文艺复兴时期那个时代情有独钟。特蕾娅公主熟悉那边的世界，如果方便，请帮我找一些达·芬奇和米开朗琪罗的画作吧，现在那些画作都已被博物馆收藏，想再看到那些画作很不容易了。”

“这个简单，网上一搜就全出来了，想看谁的画作都有，我全给您拍下来！”特蕾娅笑眯眯地打包票。

“什、什么，那些可都是无价之宝啊，都已经泛滥到这种地步了？”安浦路斯手捂着心脏，无法接受这个事实。

“哈哈，这里的美食太好吃了！我得多准备一些带回去！”伴随着布雷的惊叹声，一阵哄笑声响起。特蕾娅扭头看去，布雷正扑在桌前一边狂吃，一边往盒子里装，周围的侍女们都在捂嘴笑。

被众多贵族女孩包围的塔拉公主正在亲手准备早点和早茶，但她总是时不时地朝莱茵奥特偷偷瞄上一眼，小脸红扑扑的。而莱茵奥特在安浦路斯的治疗下，已经恢复了精神，身上的伤也好了大半，他正在跟亚力克和安浦路斯聊天，举手投足间自带一股与众不同的王子气质。

他长得好帅啊，跟谁站在一起他都是最出挑的一个。特蕾娅托着下巴花痴般地望着莱茵奥特的侧颜，一脸陶醉状。嗯，就喜欢他与人谈笑的样子，犹如优雅的王子一般轻松自然，不被凡尘琐事烦扰，不用劳作，不用处理公事，不用为功课所累……猛然间，特蕾娅想起了作业，瞪大眼睛惊叫起来：“哎呀，我差点儿忘了，这边的时间跟我们那边一样吗？明天就是周一了，我的作业还没写呢！”

正在埋头吃东西的布雷这才惊觉自己的作业也没写，鼓着腮帮子惊叫："糟了，我把这事给忘了！我们得赶紧回去！或许抄维维亚娜的作业还来得及完成！"

旁边的维维亚娜托着下巴慢悠悠地说："不好意思，我可不惯你们这种坏毛病，自己的作业还是自己写吧！"

"没良心的家伙！"特蕾娅着急地转向安浦路斯先生，"安浦路斯先生，西奥多船主在哪儿，有没有办法让我们马上回到人类世界？"亚力克慌忙转过身来，冲这边摆手："啊！特蕾娅公主，这时候千万不要找西奥多船主，他拉着阿尔斯兰在宫门外吵着要见您，多铎侍卫长正拦着他们呢！"

"呵呵，别急，我们有皇家专属的界门可以让你们尽快赶回去。"安浦路斯的眼睛眯成了一条缝儿。

安浦路斯带着伙伴们来到皇宫西配殿，推开走廊尽头一扇雕花木门。屋子里空荡荡的，除了房间中央一扇拱门状的镜子外什么都没有。一位站在镜子旁边身穿黑色燕尾服的男仆见特蕾娅来了，恭敬地躬身行礼，做了一个请进的手势。

"这样穿过去就行了？"特蕾娅惊讶地问，伸手试探地摸向镜面，意外地，她的手竟然从镜子里穿了过去，而且没有感觉到任何阻隔。她好奇地走了进去，穿过镜子后，眼前出现了一幕再熟悉不过的场景，精致的假山，比人还高的绿色盆栽，古代武士的模型……这分明是布雷家的客厅！

怪了？怎么回到布雷家了？特蕾娅吃惊不小。

"妈呀，怎么会在这儿？"布雷的惊叫声响起。特蕾娅回过头，就见刚进来的布雷诧异地环顾四周，眼睛瞪得滚圆，一副见鬼的神情。直到这一刻，伙伴们才恍然明白，这面刻着《最后的晚餐》的浮雕墙原来是通往塞尔西亚国的秘密界门！等维维亚娜和骑士们过来后，大家围在那面浮雕墙前又摸又看，个个惊奇不已。

特蕾娅好像突然明白了什么："怪不得上次有陌生人从布雷家出入。莱茵奥特之前怀疑这里藏有一道界门，原来是真的！这么说，上次从布雷家出来的那伙人该不会是安浦路斯他们吧？"

布雷摸着下巴，琢磨道："不行，这很不安全呀！看来以后我要在这里加一道锁，想从这里过先经过我的同意才行！"特蕾娅毫不客气地在他头上拍了一记，叉着腰哼道："说什么呢？你还想趁机发财吗？这儿可比天然界门安全多了，以后我还要从这里回去呢！"布雷抱着被打疼的脑袋溜到了维维亚娜身后，认栽地小声嘟囔："行吧，算我倒霉，女生都这么暴力，还让不让我们男生活了！"

"你们聊吧，我该回家写作业了，还有一大堆事等着我处理呢。"维维亚娜招了招手，准备离开。正打闹的特蕾娅和布雷一愣，突然想起了什么似的，一起朝维维亚娜追去。

"不要走！我们是不是好闺蜜？作业在这里做嘛！"

"就是，就是，我这里有水果，有冰激凌，什么都有！千万不要走啊！"

……

下集预告

从秘密界门回到人类世界后，特蕾娅的生活并没有恢复平静。一次意外竟让她发现了城市上空有云团所笼罩的光眼，据说那是黑巫师的界门。

一道黑影从浓雾中飞蹿而出，将猝不及防的特蕾娅掠到了乌衣巷，莱茵奥特为了解救特蕾娅，不得已用了一招黑暗魔法，这让维维亚娜和特蕾娅都吃惊不已，她们不明白一向正义凛然的莱茵奥特怎么会使用黑暗魔法，可情况危急，莱茵奥特根本没时间去解释。面对质疑，莱茵奥特百口莫辩。

直到一张邀请函的出现才证明了莱茵奥特的身份，原来他收到了一封母国寄来的信件，邀请他以王子身份回母国处理国家的动乱和皇族之间的纠葛。

特蕾娅决定陪莱茵奥特一起回去，不料途中却陷入怪树林，又遭到半兽人的袭击，在回忆海中又迷了路，误打误撞地来到了巨型茶树。一路上可谓困难重重，险象环生中他们能否躲避黑衣人的追击，又能否顺利地回到魔法大陆……

魔法小测验

从魔法大陆回来的特蕾娅陷入了没完成作业，还要准备小测验的苦恼中，甚至在梦中也在为此焦虑。然而这次的小测验令她很意外，每个题目她都很熟悉，仿佛是专门为她编制的。她喜滋滋地提起笔将答案写了出来……亲爱的小读者们，你们也来试着解答一下吧，答案就在本书中。把答案寄给我们，回答全部正确者将有机会获得我们赠送的精美礼品！

1.请写出本书中提到的三个魔法大陆上的国家。

____

2.请写出两个通往魔法大陆的界门所在地。

____

3.请写出特蕾娅公主在冒险途中使用的两种武器。

____

4.本书中有两个地方无须长途跋涉，便可由水晶宫的黑暗之门直接到达，你知道是哪两个地方吗？请写出。

____

来信请寄：北京市朝阳区南磨房路37号华腾北搪商务大厦1501室《意林·少年版》编辑部。 邮编：100022

作者：一剑阳光
上架建议：励志/校园/畅销小说

“意林·昆虫冒险队”系列

绝世武功盖世无双 幻影笑刀笑傲江湖
一只魔花螳螂剑走天涯的传奇之旅

出其不意，攻其不备，知己知彼，才能百战百胜。
将计就计，借力打巧，乘风行船，刀法之道至此尽矣。

作者：［法］儒勒·凡尔纳
译者：刘瑜/李悦/张锁迪
上架建议：励志/冒险/科幻小说

“意林·凡尔纳经典科幻”系列

中小学生课外阅读经典名著
开启科幻新篇章，点燃头脑超强风暴

这是一场极具未来眼光的科学畅谈，
也是一次跨越时间与空间的世纪幻想。

作者：［美］迈克尔·诺斯鲁普
译者：王映红
上架建议：励志/幻想/成长/畅销小说

“意林·古墓奇谭”系列

一座移动的博物馆文库
带你走进世界四大博物馆，了解镇馆藏品背后的神秘故事
《纽约时报》多次推荐的历史探险故事书

惊险神秘　科学探索　挑战大脑

作者：关义军
上架建议：励志/校园/儿童文学

“意林·少年军校”系列

一部少年军事励志小说
一部小军迷生存宝典
一部爱国主义国防教育读本
智慧强大的少年 闪亮惊艳的时光

作者：［美］H.K. 瓦里安
译者：李耀和
上架建议：励志/玄幻/校园/畅销小说

“意林·魂武士”系列

一套以现代校园为背景，穿插世界上古神话、各国奇妙魔法的奇幻冒险小说

神奇贴心的魔法成长宝典
让你掌握学习的小奥秘，帮你抚慰成长中的玻璃心

编者：美国 Cricket Media 出版集团
上架建议：少儿/励志

“意林·美国少年励志馆”系列

一套写给孩子的人生智慧书
一把打开孩子智慧思考生命价值的钥匙

作者：［英］伊恩·弗莱明
译者：张锁迪/刘聪/杨琪/刘瑜
上架建议：侦探/推理/悬疑/冒险

“意林·王牌特工 007”系列

世界多元文化教育中心吉林华桥外国语学院地球村经典名著创新项目
精心筹划的惊天阴谋 血雨腥风的谍海风云

从未当过间谍的间谍——王牌特工詹姆斯·邦德，
充满魅力和冒险精神的精彩演绎。

著：海伦娜·卡拉杰克
绘：西·毕斯科
上架建议：儿童读物

巴比兔系列成长绘本

源自国际获奖绘本　彰显生命教育典范
为 3 ~ 7 岁性格形成关键期的孩子准备的一份心理自助礼物